VERLORENE SMARAGDE

TREASURE HUNTER SECURITY
BUCH 7

ANNA HACKETT

Verlorene Smaragde

Copyright 2024 by Anna Hackett

Aus dem Englischen übersetzt von Nathalie Hopper Translation

Umschlaggestaltung: Mayhem Cover Creations

Bildquelle: CJC Photography

ISBN (ebook): 978-1-923134-42-3

ISBN (Printversion): 978-1-923134-43-0

Originaltitel: Unidentified

DIE SMARAGDTRÄNE

KAPITEL EINS

S eine Stiefel gaben im Matsch ein befriedigendes, knatschendes Geräusch von sich, als er die Ausgrabungsstätte im Dschungel durchquerte. Oliver Ward grinste bei dem Gedanken daran, wie entsetzt seine Mutter wäre. Sie verließ mit ihren Designer-Pumps nur dann den Bürgersteig in Denver, wenn es sich nicht vermeiden ließ. Sein Vater würde den typisch männlich-resignierten Ausdruck aufsetzen und Olivers Bruder, Isaac, würde einfach nur die Augen verdrehen.

Das spielte jedoch keine Rolle, denn Oliver war überglücklich.

Er war einunddreißig Jahre alt und lebte seinen Traum.

Vorsichtig suchte er die Ausgrabungsstätte ab. Einige seiner Teamkollegen der Universität von Denver begleiteten ihn, inklusive seines Mentors, Ben McBride. Der Archäologe hatte Oliver alles beigebracht, was er wusste. Eines Tages würde sich Ben in seinen wohlverdienten Ruhestand zurückziehen, und Oliver plante, seine Rolle zu übernehmen. Professor Oliver Ward. Das klang doch wirklich gut.

Sein Blick fiel auf die unregelmäßig geformten Steine, die auf einer Seite des schlammigen Hügels eingebettet waren. Sie hatten den Dschungel zurückgeschnitten, um Zugang zu den Überresten dieser Steinbauten zu erhalten, die zuvor im Laufe der Zeit vergessen worden waren. Auf Olivers Team warteten unentdeckte Ruinen und die Möglichkeit, ihre Geheimnisse und ihren Platz in der Geschichte zu erforschen.

Die Archäologie in Ecuador wurde immer besser, aber selbst heute, in den späten Siebzigern, wurde sie aufgrund fehlender Mittel immer noch planlos und unkoordiniert durchgeführt. Er sah zu dem dichten Dschungel hoch, der die Ausgrabungsstätte umgab. Durch die Vegetation erhaschte er einen Blick auf den Fluss nicht weit den Hügel hinunter.

Die Tatsache, dass die Ausgrabungsstätte tief im Dschungel des Amazonas, mitten in der wilden Gegend Ecuadors lag, erleichterte ihr Unterfangen kein bisschen. Seine Stiefel sanken erneut in den Schlamm. Das wilde Terrain machte alles noch schwerer.

Im benachbarten Peru waren viel mehr Archäologen am Werk – schließlich lagen dort die berühmten Inka-Ruinen. Aber Oliver wusste einfach, dass es auch hier unglaubliche Inka-Stätten gab, die nur darauf warteten, entdeckt zu werden.

Direkt vor sich sah er Carlos Lopez, den einheimischen Archäologen, der Olivers Team hergeführt hatte, zusammengekauert vor den Ruinen einer Felswand hocken. Der Mann war klug und eifrig darauf bedacht, seine Methoden zu verbessern und sowohl die Kultur vor den Inka als auch die ebendieser zu verstehen. Er wollte die Geschichte seines Landes mit der ganzen Welt teilen.

„Oliver." Eine Frauenstimme brachte ihn dazu, sich umzudrehen.

„Was hast du gefunden, Cheryl?" Er bückte sich neben dem Loch, das sie gerade aushob.

Dr. Cheryl Wilson war eine gute Archäologin, obwohl sie die Feldarbeit nicht mochte und sich am liebsten in den Hörsälen der Universität aufhielt. Sie verbarg ihre Abscheu vor dem Schlamm, den Insekten und der hohen Luftfeuchte nicht. Trotzdem konnte man ihr nicht vorwerfen, dass sie nicht mit Leidenschaft dabei war.

Cheryl hob eine Keramikscherbe hoch. Vorsichtig nahm er sie und studierte sie. Vielleicht handelte es sich um ein Stück eines Kochtopfs. Cheryl beobachtete ihn, ihre Augen direkt auf sein Gesicht gerichtet. Oliver unterdrückte ein Stöhnen. Sie hatte ihn schon mehrfach subtil gefragt, ob sie mal zusammen essen oder sich eine Show ansehen wollten. Tatsächlich war sie eine kluge, attraktive Frau. Am heutigen Tag hatte sie ihr blondes Haar eigentlich zu federleichten Locken gestylt, die ihr aus dem Gesicht fielen. Er hatte bemerkt, dass diese Frisur unter den Studierenden an der Universität jetzt auch sehr beliebt war. Aber hier im Dschungel hatten die Hitze und die Feuchtigkeit ihren Locken stark zugesetzt.

Zu Hause in Denver wäre Cheryl auch die Art Frau, die er normalerweise datete. Aber hier und jetzt empfand er ... gar nichts, außer einer gewissen Wertschätzung. Um fair zu sein, desillusionierte ihn das Dating schon eine

Weile. Oliver gab dem Bedürfnis nach und stieß den Seufzer aus, den er bis jetzt zurückgehalten hatte. Egal, wie attraktiv eine Frau war, er fühlte nur einen Mangel an Leidenschaft, Aufregung und Herausforderung.

Als er aufgewachsen war, hatte sich Olivers Vater gewünscht, er würde in seine Fußstapfen treten und Anwalt werden. Aber die Juristerei hatte in Oliver die gleichen Gefühle geweckt wie seine letzten Verabredungen – Langeweile und Frustration.

Geschichte hingegen ... Aufregung durchströmte seine Adern. Der Nervenkitzel, Neues zu entdecken, unentdeckte Teile der Vergangenheit zu finden und sie zusammenzusetzen, Sinn daraus zu machen, wo sie hergekommen waren ... das erregte Olivers Leidenschaft.

Er blinzelte und bemerkte, dass Cheryl ihn anstrahlte. Wahrscheinlich dachte sie, sein Gesichtsausdruck gelte ihr.

Verdammt. „Sehen wir uns das mal an." Er hob die Keramikscherbe dicht an seine Augen. „Sieht nicht nach Dekoration aus, eher nach einem Alltagsgegenstand. Das hier muss ein Dorf gewesen sein." Oliver betrachtete die Strukturen und war sich sicher, dass hier einst Hütten gestanden hatten.

„Denkst du immer noch, dass es von den Inka bewohnt wurde?", fragte sie.

Er nickte. „Sehr wahrscheinlich." Aber was hatten sie hier in diesem dichten Dschungel getrieben?

Mit einem kurzen Nicken zu Cheryl trug er die Keramikscherbe zu jenem Zelt, das sie als Lager für ihre Funde aufgebaut hatten. Plastikwannen waren gefüllt mit Keramik und mit Gravuren versehenen Steinen. Sie hatten auch ein paar zarte Goldschmuckstücke gefunden.

Ben arbeitete in der Nähe. Der ältere Mann hob eine Hand, bevor er sich wieder über seine Arbeit beugte. Oliver hielt inne und legte seine Hände auf seine Hüften und die schlammbedeckte Cargohose, bevor er den Rest der Ausgrabungsstätte betrachtete. Ein paar Leute arbeiten weiter oben auf dem Hügel zusammen. Vorsichtig glitt er über die rutschigen Steine, die in den Matsch gepresst waren, und ging in ihre Richtung. Dabei fragte er sich, warum die Menschen, die diesen Ort erbaut hatten, die Steine hier platziert und ihre Hütten hier errichtet hatten. Was war an diesem Ort so besonders?

„Hey Oliver!", rief Dr. Sam Fields, ein enger Freund. Sie hatten gemeinsam am College studiert und waren bereits bei einigen Ausgrabungen dabei gewesen.

„Wie läufts?", fragte Oliver.

Sam zwinkerte. „Langsam und dreckig."

„Ich mag es langsam und dreckig, Jungs", mischte sich Cory Kowalski, ein weiteres Mitglied des Teams, ein. Der junge Mann war Doktorand und alle überließen ihm gern die wirklich schmutzigen Jobs.

Oliver lächelte und sah dann nach oben. Der Himmel war voller schwerer, grauer Wolken. Bald würde es in Strömen regnen.

Plötzlich hörte er einen Schrei, gefolgt von hektischen Rufen.

Er drehte sich auf dem Absatz um und sah, wie Cory den Hügel hinunterrutschte. Die Arme des jungen Mannes schlugen um sich, aber als seine Stiefel vom

Stein abrutschten, trafen sie auf Schlamm, und er glitt noch schneller hinab.

Scheiße. Während sein Blick zum lang gezogenen Rio Napo glitt, sprang Oliver vorwärts. Falls Cory seinen Sturz nicht bremsen konnte, würde er über den Abgrund stürzen und im Wasser landen, in dem es von Kaimanen nur so wimmelte. Niemand wollte es mit diesen alligatorähnlichen Raubtieren zu tun bekommen.

Oliver reagierte, ohne nachzudenken. Er ging in die Hocke und schnappte sich eine Rolle Seil von einem Stapel Ausrüstung am Rande der Ausgrabungsstätte. Dann rannte er über die glitschigen Steine, betete, dass er nicht ausrutschte, und warf ein Ende des Seils in die Luft.

Es wickelte sich um einen nahen Baum. „Zieht es fest!", rief er.

Schon im nächsten Moment hetzte er den Hügel hinunter, Cory hinterher. Seine Stiefel schlitterten, und mehr Schlamm spritzte auf seine khakifarbene Hose.

Cory hatte es in der Nähe des steilen Flussufers geschafft, sich an ein paar Baumwurzeln festzuhalten. Er umklammerte sie fest, während die Furcht deutlich in seinem Gesicht und Matsch auf seinen Wangen zu sehen war.

Oliver zog an dem Seil und kam direkt über seinem Kollegen zum Stehen. „Halte dich fest, Cory."

Der junge Mann sah zu ihm hoch und schluckte so schwer, dass sein Adamsapfel hüpfte.

„Ich hab dich." Oliver packte den Arm des Mannes und zog ihn hoch.

Er hörte ein Plätschern unten im Fluss. Als er den

Kopf drehte, sah er einen interessierten Kaiman, der sich bereits ins Wasser gleiten ließ.

Für dich gibt es heute keinen Snack, Kumpel.

Schnell und gekonnt band Oliver das Seil um Corys Bauch. Die Brust des jungen Mannes bebte. Mit einem Blick zurück den Hügel hinauf winkte Oliver den anderen zu.

„Wir lassen es langsam angehen und nehmen uns Zeit auf dem Weg zurück, okay?"

Cory nickte. Mithilfe des Seils bahnten sie sich vorsichtig ihren Weg den schlammigen Hang hinauf. Es ging nur langsam voran, aber schließlich erreichten sie die anderen.

Der junge Mann brach auf dem Boden zusammen. „Du bist echt ein cooler Typ, Dr. Ward." Er fuhr sich mit einer zittrigen Hand übers Gesicht.

„Gern geschehen." Oliver klopfte Cory auf den Rücken.

Als Cheryl Cory wegführte, beugte Oliver sich vor und presste seine Hände auf seine Oberschenkel. Sein Herz pochte immer noch heftig und er brauchte eine Sekunde, um zu Atem zu kommen.

In dem Moment, in dem er seinen Kopf wieder anhob, bemerkte er eine Bewegung am anderen Ende der Ausgrabungsstätte, nahe der Baumgrenze. Er konnte eine schmale Gestalt ausmachen, die inmitten der dichten Vegetation stand und sich in den Schatten hielt.

War das ein Einheimischer? Er runzelte die Stirn. Just in diesem Augenblick fielen erste Regentropfen vom Himmel und trafen seine Schultern und Arme.

Nach dem, was er sehen konnte, war die Person klein

und schlank. Sie trug eine Cargohose und ein khakifarbenes T-Shirt. Zudem hatte sie sich ihren Hut tief ins Gesicht gezogen, aber dennoch war Oliver sich sicher, dass die Person ihn anstarrte.

Aus irgendeinem Grund schlug sein Herz heftig gegen seine Rippen. Im nächsten Moment sah er, wie sich die Gestalt umdrehte und mit schnellen, eleganten Schritten an der Baumgrenze entlangbewegte.

Schließlich öffnete der Himmel seine Schleusen und der Regen tränkte seine Kleider.

Innerhalb weniger Sekunden konnte er kaum noch die Bäume sehen, geschweige denn die Gestalt. Sein Stirnrunzeln vertiefte sich. Nach den Bewegungen, die er beobachtet hatte, handelte es sich bei der Person um eine Frau.

Wer war sie? Und warum beobachtete sie seine Ausgrabungsstätte?

Ben rief seinen Namen, und mit einem letzten Blick in die Schatten drehte er sich um und ging zu den anderen.

PERSEPHONE BLAKE GING die Straße in der Provinzhauptstadt von Tena, Ecuador, entlang. Die am Zusammenschluss zweier Flüsse gelegene Stadt war ein regionaler Verkehrsknotenpunkt, und die Zahl der Touristen, die sie besuchten, wuchs – angezogen von den aufregenden Abenteuern im Amazonasgebiet. Es gab mehrere billige Hotels und Herbergen, darunter eine, die man als die beste bezeichnen konnte. Dort waren die amerikanischen Archäologen untergebracht.

Sie nickte einer Gruppe lächelnder Kinder zu, die mit ein paar Hunden auf der Straße spielten. Sie grinsten zurück, und ihre Zähne wirkten im Kontrast zu ihrer gebräunten Haut und ihrem dunklen Haar schneeweiß.

Als sie die Tür zu einer Bar mit einem angegliederten Restaurant erreichte, riss sie sie auf und ging hinein. Die Bar war eine Absteige, aber sie versprühte einen gewissen Charme.

Gott, wie viele Tage hatte sie in ihren siebenundzwanzig Jahren schon so verlebt? Wie oft war sie schon in schäbige Bars oder Pubs getreten? Sie hatte den Überblick verloren.

Persephone schritt direkt zur Theke und bestellte sich auf Spanisch einen Tequila.

Ihr Spanisch war ziemlich gut, ihr Französisch passabel und ihr Portugiesisch nur ein wenig lückenhaft. Dank ihres alten Herrn konnte sie ein halbes Dutzend Sprachen sprechen. Schließlich hatte er sie während ihrer Kindheit durch genügend Länder geschleift.

Der Barkeeper schob ihr ihren Drink in einem ange-sprungenen Glas von zweifelhafter Sauberkeit zu, und sie legte ein paar Münzen auf die verschrammte hölzerne Theke, bevor sie einen Schluck nahm. Der Drink war verwässert, aber er würde seinen Zweck erfüllen.

Den größten Teil ihrer Kindheit hatte sie in Süd- und Zentralamerika verbracht, während ihr Dad in Minen, auf Ölplattformen oder in Gasförderbetrieben gearbeitet hatte. Ihre Mutter war immer dann in ihrem Leben aufgetaucht, wenn es ihr am besten gepasst hatte. Athena

Blake tat Dinge immer nur dann, wenn es für sie günstig war.

Persephone verdrängte alle Gedanken an ihre Mutter und nahm einen weiteren Schluck von ihrem miserablen Drink. Dabei drehte sie sich halb um, damit sie die Gruppe im hinteren Teil der Bar sehen konnte.

Die Archäologen hatten alle geduscht und sich umgezogen. Sie hörte ein höheres Lachen und richtete ihren Blick auf die einzige Frau in der Gruppe, die auf der Kante ihres Stuhls saß, eine Hose trug, die unten unverschämt weit war, und ihr blondes Haar in riesigen, leichten Wellen frisiert hatte.

Persephone schnaubte. In weniger als einer Stunde würde die Luftfeuchte in diesem Land all die mühevolle Zeit und Arbeit, die sie auf ihre Haar verschwendet hatte, zunichtemachen. Sie selbst trug ihr Haar kurz zu einem Pixie geschnitten. Das war weniger Aufwand und bedurfte keines Stylings. Die Gruppe wirkte gut gelaunt, und Persephone bemerkte, wie die Frau verzweifelt versuchte, die Aufmerksamkeit des Mannes neben sich zu erhaschen.

Man konnte es ihr nicht verdenken. Der Mann sah unverschämt gut aus. Wenn man ihn in einen Anzug stecken würde, würde er einen exzellenten James Bond abgeben. Er hatte dichtes, schwarzes Haar und ein leicht-herziges, sexy Lächeln.

Selbst aus der Distanz regte sich in Persephones Mitte ein heißes Kribbeln, das sie sofort verdrängte. Sie hatte keine Zeit für Männer. Zudem enttäuschten sie sie immer, ganz egal, wie hübsch sie anzusehen waren.

Außerdem hatte er sie heute an der Ausgrabungsstätte gesehen. Offensichtlich verlor sie ihr Geschick.

Nachdem sie ihr Glas abgestellt hatte, griff sie unter ihr Shirt und zog die Papiere heraus, die sie in einer durchsichtigen, wasserdichten Hülle aufbewahrte.

Das Erste, was sie darauf sah, war ein Foto einer tropischen Insel. Weiße Sandstrände, umgeben von türkisfarbenem Wasser. Ihr Plan für den Ruhestand.

Als Nächstes zog sie eine Kopie einer Seite aus einem handgeschriebenen Tagebuch hervor. Die Schrift war schlampig und schlecht zu lesen.

Diese Seite war der Schlüssel zu ihrem Ruhestandsplan.

Sie wollte mit fünfunddreißig in Rente gehen, sich am Strand sonnen und sexy Surfer oder Fischer vögeln. Mit ihrem Finger streichelte sie die Kopie der Tagebuchseite. Sie enthielt Hinweise auf eine Expedition aus den 1920er-Jahren, die einen sagenhaften Schatz genau hier in Ecuador hatte finden wollen.

Der Dschungel hatte sie mit Haut und Haar verschluckt, aber Persephone würde nicht zulassen, dass sie dasselbe Schicksal ereilte. Sie war aus härterem Holz geschnitzt.

Schließlich faltete sie das Foto der Insel und ein weiteres, zerfleddertes Bild fiel aus der Hülle. Es zeigte ein reizendes viktorianisches Haus, irgendwo in den USA. Im echten Leben hatte sie das Haus noch nie gesehen, denn obwohl sie in den Staaten geboren worden war, hatte sie nie viel Zeit dort verbracht. Aber sie hatte das Bild einmal in einem Magazin erblickt, und irgendetwas daran hatte ihr Interesse geweckt. Es sah aus wie die Art Haus, in der eine glückliche Familie leben würde. Eine Familie, die Weihnachten, Thanksgiving und den vierten Juli feierte. Sie schnaubte. Persephone hatte nie ein Zuhause gehabt, daher wusste sie nicht viel darüber.

Sie schüttelte den Kopf. Es war dumm, dass sie dieses Foto so lange behalten hatte. Tatsächlich wäre es am besten, sie würde es einfach wegwerfen. Ihr Schicksal war eine Strandhütte am weißen Sand, umgeben von blauem Wasser.

Sie klappte die Tagebuchseite auf. Gegenwärtig musste sie sich darauf konzentrieren, den Hinweisen zu folgen und ihr großes Problem zu lösen – die Tatsache, dass das Archäologenteam am Ort ihres ersten Hinweises arbeitete.

Oh, und sie durfte auch ihr anderes Problem nicht vergessen. Sosa, das Arschloch von Händler, der ihr die Seite verkauft hatte, hatte auch eine Kopie an jemand anderen verkauft. Was bedeutete, dass Persephone wahrscheinlich bald Gesellschaft von der nicht so freundlichen Sorte bekommen würde.

Da es sich bei dem Schatz um einen unschätzbar wertvollen verschollenen Smaragd der Inka handelte, waren Probleme vorprogrammiert.

Jemand setzte sich auf den Stuhl neben ihr. Er stank nach billigem Whisky.

„*Holla, bella*", lallte der Mann.

Sie verdrehte die Augen und schenkte dem Mann einen eiskalten Blick.

Offensichtlich war er zu betrunken, um ihre Signale zu verstehen, denn er legte eine fleischige Hand auf ihre Schulter.

Persephone schüttelte sie ab. „Verpiss dich", erwiderte sie auf Spanisch.

Sein Gesichtsausdruck wurde entschlossener. „Ich will doch nur ein wenig Spaß haben."

„Kein Interesse."

Seine buschigen Augenbrauen zogen sich zusammen. „Du bist aber nicht sehr freundlich."

Großartig. Sie konnte sich um diesen Trottel kümmern, aber das würde ungewollte Aufmerksamkeit auf sie lenken.

„Die Dame hat gesagt, sie ist nicht interessiert."

Die geschmeidige Stimme sprach perfektes, akzentfreies Spanisch, und ihr lief ein warmer Schauer über den Rücken, als sich ein straffer Körper an ihren Rücken drückte. Jeder einzelne Nerv in ihr erwachte zum Leben.

„Verpiss dich, *Gringo*", murmelte der Betrunkene.

Persephone hatte die Nase voll. Mit einem Fuß trat sie gegen den Hocker, sodass er umkippte und der Mann lautstark fluchend auf dem Boden landete.

Der Barkeeper lehnte sich über die Theke und herrschte den Mann in schnellem Spanisch an. Der Betrunkene starrte zuerst ihn und dann Persephone böse an, bevor er sich aufrappelte. Schwankend bewegte er sich zur Tür, während er vor sich hin wetterte.

Persephone nahm ihren Drink und leerte ihn in einem Zug, bevor sie sich umdrehte.

Aus der Nähe betrachtet sah *Mr. Köstlicher Archäologe* noch besser aus.

Sie bemerkte seine wunderschönen, kobaltblauen Augen, und wie gut er roch. *Verdammt.*

„Guter Trick", grinste er.

„Ich brauche keinen Retter in strahlender Rüstung." Sie rammte ihr Glas wieder auf die Theke.

„Das habe ich gesehen." Er legte seinen Kopf schief. „Darf ich dir noch einen Drink ausgeben?"

„Auf keinen Fall, verdammt."

Sein sexy Lächeln wurde nur noch breiter. „Das ist nicht die Antwort, die ich normalerweise bekomme, wenn ich einer Frau anbiete, ihr einen Drink zu spendieren."

Persephone schnaubte. „Kann ich mir vorstellen." Sie war sich sicher, dass die Frauen völlig den Verstand verloren, wann immer dieser Mann ihnen einen Funken Aufmerksamkeit schenkte. Hübsche, normale Frauen, die mit ihm einen auf Familie machen wollten, für ihn kochen, nackt in seinem Bett herumrollen und ihm hübsche Kinder mit guten Manieren schenken würden.

„Ich muss los", erklärte sie.

„Ich wünschte, du würdest bleiben." Sein blauer Blick bohrte sich in ihren, als ob sie eine interessante Geschichte wäre, die er unbedingt hören wollte.

Während sie in sein unglaublich attraktives Gesicht starrte, schien ihr Hirn auszusetzen. Er sah zu gut aus und war einfach ... zu viel von allem. Herrje, sie ließ sonst nie zu, dass irgendjemand oder irgendetwas ihr den Kopf verdrehte.

„Warum?" Innerlich verfluchte sie sich dafür, dass sie überhaupt noch antwortete.

Er lehnte sich näher zu ihr. „Weil ich gern wissen würde, warum du heute bei meiner Ausgrabungsstätte herumgeschnüffelt hast."

Scheiße. Sie spannte sich an. Gott, jemand musste sie dringend vor Männern retten, die so clever waren wie er.

Persephone drehte sich um und schritt zur Tür, doch der Mann packte ihren Arm und zog sie zurück. Geistesgegenwärtig ließ sie ihr Springmesser aus dem Ärmel in ihre Handfläche fallen. Sie klappte es auf und drückte es, außer Sichtweite aller Anwesenden in der Bar, gegen sein Schlüsselbein.

„Ich mag es nicht, wenn man mich antatscht."

Er hob seine Hände. „Alles klar." Seine Stimme wurde leiser. „Aber ich gebe zu, dass es mir gefallen hat, dich zu berühren."

Persephone war nicht dumm. Sie konnte das elektrisierende Knistern zwischen ihnen spüren. *Verdammt.* Er war eine Komplikation, die sie absolut nicht brauchen konnte.

„Vergiss, dass du mich je gesehen hast", forderte sie.

„Das wird niemals geschehen." Und wieder schenkte er ihr dieses sexy Lächeln.

Da sie spürte, wie ihr Hirn ihr erneut den Dienst versagte, drückte sie die Klinge etwas fester gegen seine Haut. Er zuckte zurück, und eine dünne Blutspur bildete sich.

Persephone nutzte die Ablenkung, um sich unter seinem Arm hindurchzuwinden und aus der Bar zu fliehen.

KAPITEL ZWEI

Am nächsten Morgen, in aller Frühe, zog Oliver einen frischen Satz Kleidung an. Er wusste, dass er sich auf die Arbeit konzentrieren sollte, die er an der Ausgrabungsstätte zu erledigen hatte, aber stattdessen dachte er an die rauflustige mysteriöse Frau vom Abend zuvor.

Er rieb über den kleinen Schnitt auf seinem Schlüsselbein und lächelte. Tatsächlich war er sich ziemlich sicher, dass sie ihm die Spitze des Messers in die Haut gebohrt hätte, wenn er ihr einen ausreichenden Grund geboten hätte.

Sein Lächeln wurde breiter. Vielleicht aber auch nicht. Er hatte das Interesse in ihren Augen gesehen. Es war da gewesen, wenn auch widerwillig.

Die Frau war ein winziges Ding, vielleicht einen Meter fünfzig groß, wenn man großzügig war, mit braunem Haar, das in einem Kurzhaarschnitt der Form ihres Kopfes folgte. Sie hatte groß, graue Augen und ging leichter hoch als eine Tretmine.

Eine Faust hämmerte gegen seine Tür. „Wir können dann los, Oliver", ertönte Bens gedämpfte Stimme.

„Ich komme." Oliver steckte sein T-Shirt in seine Arbeitshose. Er hatte einiges zu erledigen. Nachdem er seinen Rucksack von dem klapprigen Bett genommen hatte, ging er zur Tür. Das Hotel, in dem sie untergebracht waren, war zwar nicht glamourös, aber die gefliesten Zimmer waren sauber und zweckdienlich.

Draußen erstreckte sich ein grüner, kleiner Garten über die kleine Fläche. Auf der anderen Straßenseite sah er den Fluss. Hier zog er langsam dahin, durchquerte die Stadt Tena und vereinigte sich später mit dem größeren Rio Napo.

Doch selbst in dem Moment, in dem er zu seinem Team schritt, das bei den ramponierten Jeeps wartete, fragte er sich, ob er die Frau wiedersehen würde.

„Wer ist bereit für das nächste Schlammbad?", rief Oliver.

Ein Chorus aus Lachen und Stöhnen antwortete ihm.

Er fuhr auf dem Beifahrersitz bei Ben mit. Die anderen redeten alle über die Arbeiten, die sie am heutigen Tag geplant hatten.

Als sie die schlammige Ausgrabungsstätte erreichten, überkam Oliver ein Gefühl der Bestätigung. Lächelnd machte er sich an die Arbeit.

Schnell war ihm heiß und er schwitzte, und seine Hände waren von Schlamm bedeckt. Cory arbeitete neben ihm und zog vorsichtig Artefakte aus dem Morast.

„Diese Steine, die den Hügel bedecken, müssen etwas bedeuten", meinte der junge Mann.

Oliver grunzte, weil er gelernt hatte, kein Urteil zu fällen, bevor er nicht alle Informationen gesammelt hatte, die er finden konnte. Aber er musste zugeben, dass auf den Steinen merkwürdige, einzigartige Symbole zu sehen waren. Sie alle stellten Boote dar und zeigten auf den Fluss. Das musste tatsächlich etwas bedeuten.

„Wahrscheinlich geht es um etwas Wichtiges. Vielleicht sogar das Grab von *Atahualpa*." Corys Stimme klang aufgeregt. „Das wäre einfach geil."

Oliver schüttelte den Kopf. Er erinnerte sich daran, wie er sich als Student für mühsame, staubige Ausgrabungen gemeldet hatte, in der Hoffnung, einen verschollenen Tempel oder ein Grab zu entdecken. In den vergangenen Jahren hatte er gelernt, dass die kleinen Dinge genauso wichtig waren. Ein Spielzeug aus einem geschnitzten Knochen, das ein Kind einmal in der Hand gehalten hatte, die Scherbe eines Topfes, mit dem die Menschen gekocht hatten, ein Schmuckstück, das ein Mann einst der Frau geschenkt hatte, die er liebte. Bei der Archäologie ging es nicht immer um die großen Entdeckungen, das A und O waren die kleinen Dinge.

„Es ist definitiv eine Inka-Stätte", erklärte Oliver „Aber ich glaube nicht, dass sie pompös genug für das Grab eines Herrschers ist. Sieht so aus, als hätten in den Hütten normale Menschen gewohnt." Ihm war es egal, ob es Könige oder Arbeiter gewesen waren. Am Ende war es trotzdem ein Rätsel, das er lösen musste.

Cory wirkte enttäuscht.

Oliver klopfte dem jungen Mann auf die Schulter. „Das hier ist trotzdem wichtig. Diese Art der Arbeit ist das Fundament, und jedes Stück, das wir entdecken, ein

Teil des Puzzles. Es mag sich nicht glamourös anfühlen, aber du machst hier einen wichtigen Job."

Die Augen des jungen Mannes erstrahlten wieder und er nickte.

Oliver sah zu dem Dschungel, der sie umgab. „Nun, wir wissen zumindest, dass sie wahrscheinlich keine Bauern waren."

„Fischer?"

„Vielleicht." Obwohl er dafür bisher noch keine Hinweise entdeckt hatte.

Nach dem kurzen Gespräch widmete er sich wieder seiner Arbeit, ohne auf den Schmutz zu achten, der sich auf seiner Kleidung sammelte. Doch ein Teil seines Verstands dachte immer noch an die mysteriöse Frau. Plötzlich hörte er ein paar überraschte Schreie, gefolgt vom scharfen *Peng-Peng-Peng* von Waffenfeuer.

Sofort warf er sich auf den Boden. „Runter!", brüllte er.

Eine Gruppe Banditen, die alle dunkelgrüne Schutzanzüge trugen, kam den Hügel herunter. Sie sahen wie Einheimische aus, hatten bereits einige seiner Teamkameraden umstellt und schubsten sie mit ihren AK-47s im Rücken vorwärts.

Verdammt. Oliver sprang auf die Beine. „Was ist hier los ...?"

Der Bandit, der ihm am nächsten war, rammte ihm den Kolben seines Gewehrs in den Magen. Er krümmte sich und rang nach Luft. Scheiße, das tat weh.

Er beobachtete, wie die Männer die Archäologen auf die Knie zwangen. Carlos fing an, auf Spanisch auf sie einzureden, aber einer der Banditen brüllte ihn an und er wurde still. Die Gauner begannen damit, das Zelt mit den Artefakten und ihre Ausrüstung zu durchwühlen. Tontöpfe wurden auf den Boden geworfen, und Cheryl schrie auf.

Oliver biss die Zähne zusammen. Hier gab es keinen Schatz. Nichts von finanziellem Wert. Was zur Hölle suchten sie da nur?

Er blickte auf und sah, dass ein Trio von Banditen in der Nähe des Steinmauerwerks stand, das den Hügel bedeckte. Einer kauerte dort und studierte etwas. Oliver runzelte die Stirn. Die drei Männer gestikulierten und unterhielten sich untereinander. Es sah so aus, als ob sie nach etwas Bestimmtem suchten.

Es krachte noch mehr, als die anderen Männer das Zelt mit den Artefakten durchwühlten. Er beobachtete, wie einer ein großes Messer herauszog und begann, die Plane aufzuschneiden. Wut brannte durch Olivers Adern. Plündern war eine Sache, aber das hier war einfach nur mutwillige Zerstörung.

Das Trio beim Hügel rief etwas und die Banditen zogen sich zurück, wobei die meisten in den Bäumen verschwanden. Aber zwei blieben in der Nähe und durchsuchten die Überbleibsel der Artefakte.

„Damit werdet ihr nicht durchkommen!", rief Ben.

Der Ganove, der ihm am nächsten war, schlug dem älteren Mann ins Gesicht. Ben grunzte vor Schmerz und fasste sich an die Wange. Sofort hob der Mistkerl die Fäuste, um Ben erneut zu schlagen.

Oliver stürzte nach vorn und packte die Hand des Mannes, bevor er Ben treffen konnte. Sie starrten einander an, doch Oliver hielt dem Blick stand. Er würde nicht einfach dastehen und zulassen, dass jemand seinem Freund wehtat. Der Bandit knurrte, und als er seine Hand zurückreißen wollte, ballte Oliver seine eigene zur Faust und schlug dem Mann ins Gesicht.

Mit einem Grunzen stolperte der Typ rückwärts. In diesem Moment trat der zweite Bandit zwischen sie, hob sein Gewehr und richtete es direkt auf Olivers Gesicht.

Oliver erstarrte. *Scheiße.* Er hörte Cheryl weinen und die anderen rufen.

Einige atemlose Sekunden verstrichen, doch dann hallte das Geräusch eines Schusses durch die Bäume wider.

Oliver zuckte zusammen, bemerkte jedoch nach einem Augenblick, dass er nicht getroffen worden war. Er war weder tot noch von Kugeln durchlöchert.

Der Mann direkt vor ihm, der die Waffe hielt, sank hingegen auf seine Knie. Blut erschien auf seiner Schulter und sickerte durch seinen Schutzanzug.

Gebückt drehte Oliver sich um. *Was zur Hölle geht hier vor sich?* Seine Stiefel rutschten im glitschigen Schlamm, aber er schaffte es, auf den Füßen zu bleiben.

Eine kleine Gestalt stürmte aus den Bäumen, den Hut tief ins Gesicht gezogen und die Hände um eine Pistole geschlungen.

Es war *sie!*

Oliver beobachtete, wie die Frau zu ihnen eilte. Sie kam näher, schrie dem Banditen etwas auf Spanisch zu und trat ihm dann gegen die Brust.

Er fiel zu Boden, und als der andere verbliebene Angreifer sich einmischen wollte, richtete die Frau ihre Waffe auf ihn. Der Mistkerl erstarrte.

„Ich glaube, du hast mir gerade das Leben gerettet", meinte Oliver.

Ihr grauer Blick traf seinen. „Dann schuldest du mir wohl was."

Er lächelte. „Wie der Zufall es so will, macht mir das nicht allzu viel aus."

Cheryl gab ein Geräusch von sich. „Oliver, kennst du diese Frau?"

Er sah seine Retterin weiterhin an.

Just in diesem Moment sprang der verletzte Bandit auf und warf sich gegen die Frau.

Oliver sah, wie sie die Augen aufriss, bevor sie gemeinsam mit dem Banditen den rutschigen Hügel hinunterglitt.

„Nein!" Ohne einen weiteren Gedanken zu verschwenden, hetzte Oliver ihr nach.

PERSEPHONE FIEL. *Scheiße.*

Großartig. Einfach nur großartig. Sie schlitterte über den Boden und rutschte durch den Schlamm. Unter ihr erhaschte sie einen Blick auf das Sonnenlicht, das sich im Wasser des Flusses spiegelte.

Sie versuchte verzweifelt, Halt zu finden, schien aber nur noch schneller zu werden, während sie den Matsch um sich herum aufwirbelte.

Bevor ihr irgendeine Lösung einfiel, versank sie mit einem Platschen im Wasser.

Persephone sah auf und erkannte, wie das Arschloch,

das sie angeschossen hatte, wild im Wasser herumpaddelte. Offenbar konnte er nicht schwimmen.

Die panischen Augen des Mistkerls erblickten sie und er griff nach ihr. *Verdammt.* Er zog sie mit sich nach unten und ihr Mund füllte sich mit Wasser. Sie versuchte, ihn zu treten, um sich von ihm zu lösen.

Schnell tauchte sie nach oben, um zu atmen, und hörte vage ein weiteres Platschen neben sich. *Bitte sei kein Kaiman. Bitte sei kein Kaiman.*

Eine Sekunde später war *Dr. Köstlich* bei ihr, riss den Mann von ihr weg, schob ihn von sich, packte ihr T-Shirt und schwamm dann mit schnellen Beinbewegungen zum Ufer.

Persephone konnte mehrere Kaimane aus dem Wasser hervorlugen sehen, während sie schwammen. *Scheiße.*

„Ward", knurrte sie.

Er hob seinen Kopf, sah die Biester und zog er sie noch enger an sich, während er schneller schwamm. Sie versuchte, ihn mit ihren eigenen Beinbewegungen zu unterstützen.

Schließlich erreichten sie das steile Ufer und packten die dichten, grünen Pflanzen, die dort wuchsen. Persephone versuchte, sich selbst hochzuziehen, aber der Schlamm war so rutschig, dass sie einfach zurück ins Wasser glitt. Sie fluchte laut und voller Hingabe.

Als sie es erneut probierte, packten entschlossene Hände ihre Hüften und schoben sie aus dem Wasser. Einen Moment lang konnte sie spüren, wie sich Oliver Wards Gesicht gegen ihren Arsch presste. Dann wuchtete er sie über die Kante ans Ufer. Sie schaffte es, nach ein paar Ranken zu greifen und hielt sich fest, bevor sie einen Blick zurück riskierte.

Die Schreie des Banditen erklangen in der Luft, und als sie das aufgewühlte Wasser betrachtete, zog sich ihr Magen zusammen. Noch mehr Kaimane versammelten sich und sie wusste, dass das Blut im Wasser auch die Piranhas anziehen würde.

Ward war immer noch im Fluss.

Sie streckte ihre Hand aus und packte ihn hinten am T-Shirt.

„Klettere höher", knurrte er. „Bring dich in Sicherheit."

Statt zu antworten, ignorierte sie ihn und zerrte an ihm. Er fluchte leise, stemmte seine Stiefel gegen das schlammige Ufer und half ihr, als sie ihn zu sich nach oben zog. Er landete neben ihr und zusammen kletterten sie den Abhang hinauf zu ebenerem Gelände.

„Scheiße." Sie fiel Gesicht voran schwer atmend in den Dreck.

„Verdammt", stimmte er zu, rollte sich neben ihr auf den Rücken und schloss die Augen.

„Ein ziemlich guter Morgen, Ward", meinte sie.

Er drehte seinen Kopf und öffnete die Augen. Ihre Gesichter waren nur Zentimeter voneinander entfernt.

„Du kennst meinen Namen."

Nach dem Abend in der Bar hatte sie es sich zur Aufgabe gemacht, herauszufinden, wer er war. Dr. Oliver Ward — ein kluger, ehrgeiziger Archäologe von der Universität von Denver. Jetzt starrte er sie an, streckte seine Hand aus und berührte ihr Kinn. Der Blick in seinen Augen war sengend heiß.

Persephone ahnte, was geschehen würde, doch sie tat nichts, um es zu verhindern. Das Nächste, woran sie sich erinnerte, war, wie sich sein Mund auf ihren drückte.

Verdammt. Seine Lippen waren entschlossen, gaben jedoch genau im richtigen Moment nach, während seine Zunge in ihren Mund glitt, bis sie ihn schmecken konnte. Sofort verlor sie sich in diesem heißen Nebel, den dieser Mann in ihr zu erzeugen schien, und erwiderte den Kuss.

Ihre Zunge tanzte mit seiner, während sie mit ihrer Hand durch sein dichtes Haar fuhr. Er stöhnte, vertiefte den Kuss, und sie biss sich auf die Lippen. Gott, sie wollte mehr.

Irgendwo über ihnen erklangen Stimmen.

Sie rissen sich voneinander los, beide schwer atmend.

„Ich bin Oliver Ward", meinte er.

„Das weiß ich."

Seine Hand glitt in ihr nasses Haar. „Verrate mir deinen Namen."

Als sie nicht antwortete, starrte er sie einfach weiter an.

„Ich will ihn wissen", murmelte er leise. „Bitte."

Ach, verdammt. „Persephone. Persephone Blake."

Sanft, fast zärtlich, strich er ihr eine Haarsträhne hinters Ohr, und ihr Herz klopfte wie wild. Das war dumm. Sie waren beide nass und mit Schlamm bedeckt.

„Hallo, Persephone", flüsterte er.

Es war Zeit, abzuhauen. Sie versuchte, aufzustehen.

„Nein." Er packte sie fester. „Ich will wissen, was zur Hölle hier los ist. Wer bist du?"

„Dein schlimmster Albtraum."

„Das bezweifle ich." Ein verhaltenes Lächeln

erschien auf seinen Lippen. „Obwohl ich gern zugebe, dass du letzte Nacht in ein paar meiner Träume vorgekommen bist."

Eine fiese Welle der Hitze wälzte sich durch ihre Mitte. „Ich bin jemand, mit dem du *absolut nichts* gemeinsam hast."

„Da bin ich anderer Meinung."

Sie schnaubte. „Du bist ein rechtschaffener Archäologe." Ein dünnes Lächeln erschien auf ihren Lippen. „Ich bin eine Schatzjägerin."

Persephone hatte eine gewisse Reaktion erwartet, aber der verdammte Mann hob nur eine Augenbraue.

„Wir stehen also beide auf Geschichte."

Bei diesen Worten schüttelte sie den Kopf.

„Und es macht uns nichts aus, wenn wir bei unserem Job ein wenig schmutzig werden."

Überrascht lachte sie. „Du bist verrückt."

Er rieb mit seinem Daumen über ihre Wange. „Du musst mir sagen, warum plötzlich jeder so interessiert an meiner Ausgrabungsstätte ist."

Sie schüttelte den Kopf.

„Sag es mir."

„Nein."

„Ich kann dir helfen."

„Ich arbeite allein."

„Nein, jetzt nicht mehr", erwiderte er düster.

„Ward –"

Plötzlich bewegte er sich schnell, und sie stieß ein Quieken aus. Irgendetwas legte sich um ihr Handgelenk und sie sah nach unten, bevor sie tief einatmete. Mithilfe eines kurzen Stücks Seil, das sie an seinem Gürtel gesehen hatte, hatte er ihr Handgelenk an seins gefesselt.

Ihr Mund stand offen. „Stehst du auf Fesselspielchen, Ward?"

Seine Antwort bestand aus einem gehirnvernebelnden, sexy Lächeln. „Nein, aber wir können das gern später ausprobieren." Dann wurde sein Gesichtsausdruck ernst. „Nachdem du mir erzählt hast, was hier vor sich geht, Persephone."

KAPITEL DREI

Oliver strich sein feuchtes Haar zurück und knöpfte sein sauberes Hemd zu, froh, dass er den ganzen Dreck abgewaschen hatte.

Er hörte die Dusche in seinem Hotelzimmer laufen und blickte zur geschlossenen Badezimmertür, wobei er versuchte, *nicht* an Persephone Blake zu denken, die nackt unter dem Wasserstrahl stand.

Natürlich versagte er dabei in jeder Hinsicht.

Sie hatte auf dem Beifahrersitz gesessen, als er zum Hotel zurückgefahren war, immer noch an ihn gefesselt. Den ganzen Weg zurück hatte es praktisch vor Wut aus ihren Ohren geraucht. Ben und Cory hatten schweigend und immer noch unter Schock hinten gesessen, während der Rest des Teams ihm im zweiten Jeep gefolgt war.

Als sie sein Zimmer erreicht hatten, hatte er Persephone an einen Stuhl gefesselt, während er geduscht hatte. Ihr heißer Blick hatte ihm fast die Haut weggebrannt. Nach der Dusche hatte er sie befreit und ins Badezimmer geführt. Kurz, nachdem sie die Dusche betreten hatte, hatte er sich hineingeschlichen und ihre schmutzige Kleidung an sich genommen, die jetzt in einem tropfenden Haufen neben der Tür lag.

Nicht einmal seiner kampflustigen Schatzjägerin traute er es zu, dass sie versuchen würde, nackt durchs Badezimmerfenster zu fliehen.

Sein schockiertes Team ruhte sich aus und Cheryl hatte versprochen, einen Arzt aufzutreiben, der nach Ben sehen konnte.

Jetzt war es Zeit, dass Oliver herausfand, was zur Hölle hier vor sich ging.

Die Dusche wurde ausgeschaltet. Er durchwühlte seinen Seesack und fand ein sauberes khakifarbiges T-Shirt, ging mit ihm in der Hand zur Badezimmertür, öffnete sie einen Spalt und hielt es hinein. Es wurde ihm eine Sekunde später aus der Hand gerissen.

Nachdem er die Tür geschlossen hatte und wieder im Zimmer war, fing er an, auf- und abzugehen. Er musste die Wahrheit erfahren, weil er nicht riskieren würde, dass einer seiner Teamkollegen verletzt wurde.

Die Badezimmertür glitt auf und Persephone trat heraus. Ihr kurzes Haar klebte an ihrem Kopf und sein T-Shirt wirkte an ihrem Körper riesig. Allerdings nicht riesig genug. Entschieden zu viele Zentimeter ihrer Beine waren weiterhin glorreich nackt. Oliver wurde sofort hart. *Verdammt.* Er sollte an die Banditen und Schatz-jäger denken, nicht an Sex. Oder an Persephone Blake, nackt, wie Gott sie erschaffen hatte.

Unter Zwang hob er seinen Blick von ihren Beinen zu ihrem Gesicht, wobei er *vielleicht* die sanfte Rundung ihrer Brüste auf dem Weg nach oben betrachtete. Sie sahen nicht sonderlich groß aus, aber er wollte trotzdem wissen, wie sie sich anfühlten. Er wünschte sich, dass diese schlanken Beine sich um seine Hüften schlangen.

Sein Schwanz pulsierte. *Beruhige dich, Ward.*

Persephone sah zu dem Seil, das auf dem Bett lag, und dann wieder zu ihm. Dank ihrer nassen Haare, die aus ihrem Gesicht gestrichen waren, wirkte sie jünger. Sie hob ihr Kinn an und kniff die Augen zusammen. „Wirst du mich wieder fesseln?"

„Nicht, wenn du mir keinen Grund dafür gibst." Er deutete auf das Bett. „Setz dich. Es ist Zeit, dass wir miteinander reden."

Sie atmete schnaubend aus und ließ sich auf die Matratze plumpsen, wobei sie die Arme vor der Brust kreuzte. Das führte jedoch nur dazu, dass sein T-Shirt noch ein paar Zentimeter weiter ihre Beine hinaufglitt.

Oliver unterdrückte ein Stöhnen. *Konzentriere dich.* Er hielt die Plastikhülle hoch, die er in ihren dreckigen Klamotten gefunden hatte, und warf sie aufs Bett. Die Tagebuchseite war durch das Plastik deutlich zu sehen. Sie erstarrte.

„Du folgst den Hinweisen aus diesem Tagebuch." Er trat näher zu ihr. „Hier steht zwar nicht, wo sie hinführen, aber ich schätze zu irgendeiner Art von Schatz."

Große, graue Augen starrten ihn eindringlich an.

Oliver verschränkte die Arme. „Ich bin genauso stur wie du, Percy."

„Percy?"

Er zuckte die Achseln. „Das passt zu dir."

Sie seufzte. „Du wirst das nicht einfach ruhen lassen, oder?"

„Auf keinen Fall."

Leise murmelte sie etwas über starrköpfige Archäologen. „Hast du schon mal von der verschollenen Smaragdmine der Inka gehört?"

Bei ihren Worten musste Oliver lachen. „Sie ist ein Mythos. Die besten Smaragde findet man in Kolumbien, in der Muzo Region. Wahrscheinlich haben die Inka dort ihre Smaragde abgebaut."

Sie schlug die Beine übereinander. „In Ecuador gibt es auch einige Gerüchte über eine Smaragdmine. Die Spanier liebten Smaragde und verschickten Taschen voll davon zusammen mit gestohlenem Inka-Gold mit ihren Schiffen. Und hier in Ecuador entsandte man viele Eroberer in den Dschungel östlich von Quito, um nach *oro verde* zu suchen. Grünem Gold."

Verdammt. Oliver kannte diese Geschichten. „Wessen Tagebuch ist das?"

„Es gehörte einem früheren amerikanischen Soldaten namens Stewart Connelly. Er traf 1924 in Ecuador ein."

„Sprich weiter."

„Auf seiner Suche nach den Smaragden ging er in nordöstlicher Richtung in den Dschungel. Monatelang war er verschwunden, und alle dachten, er sei umgekommen." Sie grinste. „Dann tauchte er plötzlich wieder auf. Die Missionare in Ahuana am Rio Napo sahen einen nackten, abgemagerten, bärtigen weißen Mann im Fluss schwimmen. Einen Mann, der einen Beutel voller Smaragde um seinen Hals gebunden hatte. Sie pflegten den Mann, der im Delirium lag, bis er wieder gesund war."

Oliver löste seine verschränkten Arme. Er hatte

solche Ammenmärchen schon hundertmal gehört. Sie waren voller Dramen und enthielten nur wenige Fakten.

„Dieser Mann war Connelly", meinte Percy. „Er bezahlte die Missionare mit Smaragden und zog nach Quito weiter, um eine Expedition zu leiten. Dort erzählte er allen eine wundersame Geschichte über den Kampf mit Kaimanen und magischen Wunderheilern, wie er auf einen Stamm Kannibalen gestoßen war, und natürlich von der verschollenen Smaragdmine der Inka."

„Irgendwie höre ich ein *Aber*."

„Nachdem er mehrere Monate durch den Dschungel gestolpert war, war er sich nicht mehr ganz *genau* sicher, wo sich die Mine befand." Ihre Augen blitzten, während sie die Geschichte erzählte. „Er besaß noch eine vage Liste von Orientierungspunkten, aber das war auch alles."

„Und dann?"

„Und dann stellte Connelly eine Expedition zusammen und kehrte in den Dschungel zurück."

Oliver lehnte sich vor. „Fand er die Stelle wieder?"

Sie schüttelte den Kopf. „Der Dschungel verschluckte die ganze Expedition vom Erdboden und die Teilnehmer wurden nie wieder gesehen."

„Das ist genau die Art von aufregender Geschichte, die einen Schatzjäger in ihren Bann ziehen würde." Er studierte ihr Gesicht. Ihre Augen waren ernst und ihr Gesichtsausdruck neutral. Persephone Blake war weder verrückt noch high vom Adrenalin.

„Ich bin den Hinweisen aus dem Tagebuch gefolgt, und sie haben mich zu eurer Ausgrabungsstätte geführt.

Zu einem Dorf auf dem Hügel, verschollen im Dschungel."

Nicht ihr Ernst. „Und die Banditen?"

Sie machte ein langes Gesicht. „Tatsächlich war ich nicht die Einzige, die die Tagebuchseite gekauft hat. Ich bin harmlos, aber andere Schatzjäger ..." Sie zuckte mit den Achseln.

Oliver ging wieder auf und ab. Persephone war auf keinen Fall harmlos, in keinster Weise, Gestalt oder Form.

Die ganze Situation war gefährlich. Plötzlich war er wütend. Wütend, weil sie allein hier unten im Dschungel war. Wütend, weil sie sich selbst in so viel Gefahr begab, nur für die klitzekleine Chance, einen Schatz zu finden.

„Macht es deiner Familie nichts aus, dass du dich in gefährlichen Ländern herumtreibst?", stieß er scharf aus.

Sie lehnte sich auf dem Bett zurück und zeigte ihm noch mehr Haut. „Herumtreiben?" Bei diesem Wort zog sie eine Augenbraue hoch. „Erstens bin ich meiner Familie scheißegal. Zweitens bin ich erwachsen und tue, was ich will. Drittens kann ich auf mich selbst aufpassen."

Aufgebracht trat Oliver näher und seine Beine stießen gegen ihre. „Wirklich? Du kannst dich gegen stärkere, größere Gegner wehren?"

Persephone sah zu ihm auf und trat in der nächsten Sekunde mit ihren Beinen aus. Seine eigenen Beine glitten unter ihm weg, und Oliver fiel hart zu Boden. Im nächsten Augenblick saß Persephone auf seiner Brust und drückte ihn nieder, während sie ihren Unterarm gegen seine Kehle presste.

„Ja", erwiderte sie. „Weil ich klüger bin."

Und verdammt sexy. Wahrscheinlich war es dumm, dass eine Frau, die ihn angriff – diese Frau, die ihn auf dem Boden fixierte – ihm einen Ständer verpasste. Scheiße, er war sich vollends bewusst, dass sie unter seinem T-Shirt nackt war. Verdammt, jetzt war er wirklich hart, und sein Schwanz pulsierte.

„Percy –"

Ihr Arm drückte noch fester gegen seine Kehle. „Niemand verpasst mir einen Kosenamen."

„Ich schon."

Bei diesen Worten presste sie ihren Arm noch härter gegen seine Kehle und er würgte.

Oliver warf sie von sich herunter. Sie rollten über den kühlen Boden und stießen gegen den Nachttisch, der daraufhin wackelte.

Am Ende saß er auf ihr und versuchte, ihren kleineren Körper nicht mit seinem Gewicht zu erdrücken, während er seine Hüften gegen ihre presste. Sie fluchte und sah ihn. Bevor er erkannte, was sie vorhatte, lehnte sie sich hoch und küsste ihn.

Jede Kampfeslust entwich aus Oliver, weil sie so verdammt gut schmeckte – wild und leidenschaftlich. Voller Leben.

Während ihre Hände über seinen Körper strichen und sich auf seinen Arsch legten, stöhnte sie. Eine seiner Hände glitt nach unten und bedeckte eine ihrer kleinen Brüste. Sie machte ihn verrückt.

Persephone schob sich ihm entgegen. Sie stöhnte

erneut und ihre Hände zogen das Hemd aus dem Saum seiner Hose.

PERSEPHONE VERLOR DEN VERSTAND.

Verdammt, Oliver Ward schmeckte so gut, roch so gut, fühlte sich so gut an. Der sexy Nebel in ihrem Hirn erblühte vollends, und sie schwelgte darin.

Langsam glitt sie mit ihren Händen über seinen Rücken und ertastete seine starken Muskeln und diese weiche Haut. Der Mann hatte einen wirklich unglaublichen Körper für einen Akademiker.

Erneut rollten sie über den Boden, und kurzzeitig war sie oben. Sie rieb sich an ihm und genoss die Hitze in seinen blauen Augen.

„Gefällt dir das?", murmelte er.

„Mir gefällt dein Körper."

Wieder rollte er sich mit ihr über den Boden und sie lag nun wieder unter ihm, was ihr tatsächlich gefiel. Persephone hielt nicht inne, um dieses Gefühl zu analysieren, weil sie nie zuließ, dass ein Mann sie übervorteilte.

„Deiner gefällt mir auch." Er senkte seinen Kopf und fuhr mit seinen Lippen über ihren Hals, bevor er an ihrer Haut knabberte und sie zum Stöhnen brachte.

Plötzlich klopfte es an der Tür, und sie erstarrten beide.

„Oliver?" Die tiefe Stimme eines Mannes. Persephone schätzte, dass es sich um den älteren Herrn handelte, mit dem er unterwegs war – den von der

Ausgrabungsstätte. „Wir gehen raus und holen uns etwas zu essen."

Oliver murmelte leise: „Alles klar, Ben. Ich komme nach."

Sie lauschte, bis die Schritte des Mannes verklangen. Der Zauber zwischen ihnen war gebrochen, und sie schubste Oliver, bis er widerwillig von ihr herunterglitt. Beide standen auf.

„Du willst also die verschollene Smaragdmine der Inka finden", meinte er. „Und was dann? Wirst du in diesem gefährlichen Land ein Minenunternehmen gründen?"

„Nein", erwiderte sie und strich sich ihr nasses Haar hinters Ohr. „Ich will den verschollenen Smaragd der Inka finden, der als die Smaragdträne bekannt ist."

Er blinzelte. „Was?"

„Das ist ein riesiger Smaragd von der Größe meiner Faust." Sie hielt ihre Hand hoch und ballte sie. „Kennst du die Legende von Tena und Fura aus Kolumbien?"

„Ja. Sie stammt aus der Muzo Region, wo die Smaragde zu finden sind."

„Die Muzo Region ist nach ihren Bewohnern benannt. In vorkolumbianischer Zeit bauten sie Smaragde ab und erzählten die Geschichte von Tena und Fura. Sie waren der erste Mann und die erste Frau, die vom Schöpfergott erschaffen wurden. Der Gott lehrte sie, wie man das Land bebaut, wie man töpfert und webt, aber um unsterblich zu bleiben, mussten sie eine Regel befolgen. Sie mussten einander treu bleiben und durften einander nicht betrügen."

„Aber Fura blieb nicht treu", ergänzte Oliver.

Percy verdrehte die Augen. „Wie bei Adam und Eva ist alles die Schuld der Frau. Ein junger, wunderschöner Mann namens Zarbi erschien. Er suchte nach einer bestimmten Blume, und Fura sagte ihm ihre Hilfe zu. Um direkt zum Ende zu kommen: Fura und Zarbi vögelten miteinander."

Oliver unterdrückte ein Lachen.

„Fura fing an, zu altern, und ging zurück zu ihrem Ehemann. Voller Verzweiflung erstach Tena sich selbst, und Fura weinte über seiner leblosen Gestalt. Ihre Schreie wurden zu Schmetterlingen und ihre Tränen zu Smaragden."

„Und der Schöpfergott verwandelte sie in Steinberge, die bis heute in der Muzo Region zu sehen sind", beendete Oliver die Geschichte.

Sie lehnte sich vor. „Und wir befinden uns in einer Stadt in Ecuador namens Tena. Dem Ort sehr nahe, an dem Stewart Connelly in den Zwanzigerjahren mit einem Beutel voller Smaragde und Hinweisen zu dieser verschollenen Mine aus dem Dschungel kam. Einer Mine, in der den Legenden nach zwei riesige Smaragde von den Inka verwahrt wurden – die Smaragdträne und der Smaragdschmetterling." Sie verlagerte das Gewicht auf ihren Füßen. „Angeblich wurde der Smaragdschmetterling von den Spaniern gestohlen und gilt als verschollen."

Persephone beobachtete Oliver, während er nachdachte. Eine sexy Furche bildete sich auf seiner Stirn. Verdammt, sie könnte ihm stundenlang beim Denken zusehen. Zwischen ihren Beinen pochte es noch immer. Dieser Mann war eine *riesige* Ablenkung.

„Und wenn du diesen Smaragd findest?", fragte er mit einem ernsten Blick.

Sie hob ihr Kinn an. „Dann verkaufe ich ihn und setzte mich in der Karibik zur Ruhe."

Er betrachtete sie eindringlich, bis sein Blick dafür sorgte, dass sie sich unwohl fühlte.

„Ich werde dir helfen, ihn zu finden", erklärte er.

Persephone erstarrte. „Du wirst mir helfen?"

„Ja."

„Nein, nein, nein." Sie hob die Hände in die Höhe. „Ich habe dir schon gesagt, dass ich allein arbeite."

Natürlich war sie sich der Risiken bewusst, die sie einging. Dieser verdammte Job war bereits gefährlich geworden. Jemand hatte eine Waffe auf Olivers hübsches Gesicht gerichtet und Persephone wollte das *nicht* noch einmal erleben.

„Ich werde mit dir zusammenarbeiten", erwiderte er. „Als Partner. Alles, worum ich dich bitte, ist, dass du mir den Smaragd verkaufst, falls wir ihn finden."

Sie blinzelte und versuchte, den Haken zu finden. Es gab immer einen Haken. Er lächelte. Dieses verdammte Lächeln vernebelte ihren Verstand.

„Mithilfe der Universität und ihrer Spender werde ich die Mittel aufbringen können. Außerdem denke ich, dass meine Ausgrabungsstätte das Dorf der Minenarbeiter war."

Das entlockte ihr ein Keuchen. „Was?"

„Nun, ich glaube, dass die Hütten, die wir gerade entdeckt haben, die Wohnstätte der Minenarbeiter waren. Ich schätze, dort wirst du den nächsten Hinweis finden."

Sie schenkte ihm ein widerwilliges Nicken.

„Dann lass uns zusammenarbeiten." Er streckte seine Hand aus, damit sie sie schüttelte. „Wir fangen gleich morgen früh an."

Persephone starrte zu seiner Hand. Es war nicht die weiche Hand eines Mannes, der seine ganzen Tage in den Hallen einer Universität verbrachte, sondern eine Hand mit langen Fingern, gut geformt, die Schwielen aufwies. Sie hatte noch nie mit einem Partner zusammengearbeitet. Verdammt, sie hatte niemandem je ausreichend vertraut, um diese Option in Erwägung zu ziehen. Und sie hatte einen Mann nie länger in ihrer Nähe geduldet, als das Spiel zwischen den Laken gedauert hatte.

Oliver Ward war eine Ablenkung, die alle anderen Ablenkungen übertraf, und sie bedauerte bereits, was sie jetzt tun würde. Sie nahm seine Hand.

Bevor sie sie schütteln konnte, zerrte er sie nach vorn, und sie stieß gegen seine Brust. Der Kuss, den er ihr auf die Lippen drückte, war hart und schnell. „Ich wollte nur den Deal besiegeln."

Sie schüttelte den Kopf. „Du wirst mir einige Schwierigkeiten bereiten."

Er bewegte sich, und plötzlich spürte sie ein Seil an ihrem Handgelenk.

Überrascht sah sie nach unten zu dem Seil und seufzte. „Ist das wirklich notwendig?"

Erneut schenkte er ihr sein sexy Lächeln. „Das glaube ich schon."

KAPITEL VIER

Als Oliver aufwachte, blinzelte er gegen das Sonnenlicht an, das sein Zimmer durchdrang.

Das Seil rieb an der Haut seines Handgelenks, während er sich aus dem Bett quälte.

Sofort setzte er sich aufrecht. Am anderen Ende des Seils hing keine kleine, sexy, nervtötende Schatzjägerin mehr.

Verdammt. Schnell sprang er aus dem Bett und suchte sein Hemd. Seine Hose hatte er zum Schlafen angelassen, während er sich der neben ihm liegenden Persephone schmerzhaft bewusst gewesen war.

Jetzt war sie verschwunden. Die Frau hatte es tatsächlich geschafft, den Knoten zu lösen und abzuhauen.

Er ging zum Fenster und hielt inne, als er sie draußen im Garten sitzen sah, wo sie eine Schar leuchtend bunter Papageien mit Brot fütterte.

Nachdem er in seine Schuhe geschlüpft war, ging er hinaus. Persephone saß auf einer kleinen Holzbank, trug immer noch nur sein T-Shirt, und ihr Haar war vom Schlaf zerzaust.

„Ich dachte, du wärst weggelaufen", meinte er.

Ihr Blick blieb auf die Vögel gerichtet. „Darüber habe ich auch nachgedacht."

Er setzte sich neben sie. „Warum hast du es nicht getan?"

Sie drehte den Kopf und sah ihn an. „Nun, wahrscheinlich, weil ich den Verstand verloren habe. Oder es könnte daran liegen, dass ich tatsächlich glaube, dass du mir dabei helfen wirst, den Smaragd zu finden."

„Es geht also nur um den Smaragd?", fragte er.

Schnell schoss sie auf die Beine. „Natürlich."

Bei ihren Worten nickte er. Diese kleine Lügnerin. So langsam konnte er erkennen, wann sie versuchte, sich an der Wahrheit vorbeizuschlängeln, und wann sie schlichtweg log.

„Ich glaube, ich habe deinen Hinweis gefunden und verstanden, in welche Richtung er führt."

Sie atmete scharf ein. „In welche?"

„Es gibt da ein paar seltsame Gravuren im Steinmauerwerk auf dem Hügel, den mein Schüler für ein Grabmal hält. Wir waren alle ratlos. Es sind Boote abgebildet, die eindeutig auf den Rio Napo zeigen."

Ihr Gesicht strahlte vor Aufregung. „Dann müssen wir dem Fluss folgen." Persephone zog die Tagebuchseite hervor, die sie ihm offensichtlich wieder abgeluchst hatte. „Der nächste Hinweis spricht von einem *blutenden Fluss*. Wir müssen so lange flussaufwärts laufen, bis wir ihn gefunden haben."

„Ein *blutender Fluss*. Klingt reizend", antwortete er. „Wir werden ein Boot brauchen."

Sie nickte. „Dann zieh dich an und pack deine Sachen, Professor."

„Ich bin noch kein Professor."

„Aber das wirst du bald sein, und du siehst bereits wie einer aus", meinte sie und zwinkerte ihm zu. „Jetzt lass uns den Schatz der Inka finden." Mit ihren Händen scheuchte sie ihn auf.

Sein Magen zog sich zusammen. Herrgott, sie war umwerfend. Es schien, als würde ein Licht aus ihr herausstrahlen, und er wollte es ganz für sich allein haben.

Als sie wieder im Zimmer waren, packten sie ihre Rucksäcke. Olivers hatte schon einige Ausgrabungsstätten und Expeditionen gesehen, aber er war nicht halb so verschrammt wie Persephones. Er zwang seine Ausrüstung, ein kleines Ein-Mann-Zelt und seine Kleidung hinein und betrachtete Persephone, die ins Badezimmer glitt, um ihre Kleidung zu wechseln.

Ihr Kopf erschien in der Tür. „Im Übrigen stehle ich dir das Shirt. Meins ist ruiniert."

Er salutierte kurz zustimmend.

Persephone trat zurück ins Zimmer und hatte sein Shirt in eine Khakihose gesteckt. Oliver schluckte, und das Verlangen brodelte in ihm.

Schließlich schwangen sie sich die Rucksäcke auf die Schultern und gingen hinaus. „Ich muss Ben und den anderen aus dem Team sagen, dass ich eine Weile weg sein werde." Mit diesen Worten klopfte er an die Tür des Nachbarzimmers.

Sein Mentor öffnete. Ein schwacher blauer Fleck war nach dem Chaos des gestrigen Tages immer noch auf seiner Wange zu sehen. Ben runzelte bei Persephones Anblick die Stirn.

„Ich wollte dir nur sagen, dass ich ein paar Tage im Dschungel sein werde", erklärte Oliver.

Bens Augenbrauen wanderten noch höher. „Was?"

„Percy hat ein paar gute Hinweise auf eine andere Inka-Stätte, die irgendwie mit unserer verbunden zu sein scheint. Daher möchte ich sie mir mit ihr ansehen."

„Oliver, bewaffnete Banditen haben unsere Ausgrabungsstätte überfallen."

Oliver nickte. „Wenn wir weg sind, werden sie euch keinen Ärger mehr machen."

Ben schloss die Augen. „Tatsächlich hatte ich die Befürchtung, dass hier der Hund begraben liegt."

„Ich will, dass das Team in Sicherheit ist. Lass sie weiterarbeiten. Ich komme so schnell ich kann zurück."

Ben warf einen Blick zu Persephone. „Noch eine Inka-Stätte. Lass mich raten: Schätze spielen dabei eine nicht unwichtige Rolle." Bens Augen glitten wieder zu Oliver. „Hört sich nach einer Odyssee an."

Oliver schenkte ihm ein Lächeln. „Nein, oder zumindest nicht, wenn ich dir am Ende sagen kann, wo die verschollene Smaragdmine der Inka liegt."

Sein Mentor atmete scharf aus. „Die ist doch nur ein Ammenmärchen."

„Ich weiß, dass du immer fasziniert bist, wenn der Smaragdschmetterling erwähnt wird. Er tauchte einfach aus dem Nichts auf."

„Ja, aber wahrscheinlich kam er aus Kolumbien, nicht Ecuador!"

„Ich werde gehen, Ben."

„Guten Morgen", erklang Cheryls Stimme hinter Oliver.

Er drehte sich um und bemerkte, dass Cheryl Persephone anstarrte. Dann fiel ihr Blick auf das T-Shirt, dass die andere Frau trug, und ihre Lippen verzogen sich missmutig.

„Was ist denn los?", fragte sie.

„Oliver zieht los, um eine kleine *Neben*expedition mit seiner Freundin zu unternehmen", erklärte Ben.

Cheryl kniff die Augen zusammen. „Wirklich? Ist das vernünftig?"

Persephone grinste und stieß Oliver mit dem Ellbogen an. „Wahrscheinlich nicht. Vielleicht solltest du doch lieber hierbleiben, Professor."

Böse starrte er sie an. „Auf keinen Fall."

Cheryl legte den Kopf schief und warf ihre Locken zurück. „Sie kommen mir bekannt vor. Kennen wir uns?"

Persephone hob eine dünne Braue. „Persephone Blake."

Bei diesem Namen sog Cheryl einen Atemzug ein. „Die berühmt-berüchtigte Schatzjägerin?"

Berühmt-berüchtigt? Oliver hatte noch nie von ihr gehört.

Persephones Grinsen wurde breiter. „Ich habe dich gewarnt."

„Sie haben in Mexiko ein Versteck mit Goldartefakten der Azteken entdeckt", verkündete Cheryl. „Und sie an das Smithsonian verkauft." In der Stimme der Frau lag ein gewisser Tadel.

Ein träumerischer Ausdruck zierte das Gesicht der Schatzjägerin. „Es war eine wundervolle Sammlung."

„Und Sie haben in Peru eine Goldkette der Inka gefunden", fügte Cheryl hinzu. „Wahrscheinlich haben Sie die auch verkauft, nicht wahr?"

„Die Farbe passte nicht zu meinem Kleidungsstil", erwiderte Persephone nur.

Ben starrte die Frau mit einem unlesbaren Ausdruck an. „Sie haben geholfen, ein Team aus Stanford zu mehreren nicht identifizierten Tempeln in der Maya-Stadt El Mirador zu führen. Es war ein erstaunlicher Fund."

Ihr Lächeln entglitt ihr. „Ihnen zu helfen, hat mir meine Arbeit erleichtert."

„Tatsächlich bin ich mit dem Archäologen, der das Team angeführt hat, befreundet. Er meinte, Sie waren von unschätzbarem Wert für die Expedition."

Oliver bemerkte, wie Persephone sich unbehaglich rührte. Wann immer sie beweisen wollte, dass sie eine Einzelkämpferin war, lächelte sie, aber als Ben ihr ein Kompliment machte, wurde sie nervös.

Interessant.

Er nahm ihre Hand. „Percy und ich werden eine Weile weg sein, aber ich melde mich bei euch, wenn ich wieder zurück bin."

„Du verlässt uns?", fragte Cheryl. „Obwohl uns der Angriff alle so mitgenommen hat?"

Ihre Stimme zitterte, und er bemerkte, wie Percy die Augen verdrehte.

Oliver räusperte sich. „Das weiß ich, aber ich glaube, dass ihr keine Schwierigkeiten mehr an der Ausgrabungsstätte haben werdet, wenn Percy und ich weg sind."

Percy nickte. „Weil die bösen Jungs uns stattdessen folgen werden."

Ben schüttelte den Kopf und Cheryl wirkte schockiert.

„Sei vorsichtig, Oliver", meinte sein Mentor.

„Bin ich immer."

Mit diesen Worten zog er Percy weiter. Draußen gingen sie bis zur Hauptfußgängerbrücke, die über den Fluss führte. Percy winkte ein paar Kindern zu, die auf der Straße spielten. Unten am Ufer standen viele Männer bei ihren Booten – einige waren Fischer, andere boten ihre Dienste als Bootsführer an.

„Ich kümmere mich darum." Lächelnd ging Percy weiter und fing ein Gespräch mit den Männern an. Bald hatte sie alle zum Lachen gebracht. Oliver schüttelte den Kopf. Irgendetwas an ihr zog die Menschen an.

Bevor er weiter darüber nachdenken konnte, deutete Percy auf ein Boot. Es war nicht sonderlich groß, aber auch nicht wirklich klein, aus Holz, lang und schmal, mit einem fadenscheinigen Baldachin auf dem Dach. Hinten befand sich ein robuster Motor.

„Das ist Roberto", erklärte sie ihm.

Oliver schüttelte die Hand des Mannes, der Mitte zwanzig war und breit lächelte.

„Na komm schon, Ward." Persephone stieg auf das Boot. „Das Abenteuer wartet. Ich werde doch noch einen Schatzjäger aus dir machen."

DAS SZENARIO WIRKTE FAST SCHON FRIEDLICH.

Persephone saß am Bug des Bootes und beobachtete, wie es durch die dunklen Gewässer des Rio Napo glitt. Sie wusste, dass der Fluss ein Nebenarm des mächtigen Amazonas war, und sich weiter unten mit anderen Wasserstraßen zu dem majestätischen Strom vereinigte.

Am Ufer wuchsen dichte Bäume und Pflanzen. Sie hörte Vögel krächzen und schaute auf, als ein Schwarm von ihnen die Flucht ergriff. Ganz in der Nähe saß ein roter Brüllaffe in einem Baum, der über das Wasser hinauswuchs, und beobachtete sie neugierig. Sie atmete tief ein und sog den Geruch von verrottenden Blättern und den üppigen Duft des Dschungels ein.

Sie stellte sich vor, wie Connelly hier vorbeigekommen war, voller Aufregung, weil er die Inka-Mine hatte finden wollen. Natürlich war der arme Kerl am Ende nackt durch den Napo geschwommen. Sie erschauderte. Das würde sie auf keinen Fall tun.

Das leise Rascheln von Kleidung drang an ihr Ohr, und sie wurde sich bewusst, dass Oliver dicht hinter ihr saß. Okay, sie war sich seiner die ganze Zeit über unerträglich bewusst gewesen. Er hatte eine Weile geschwiegen, und es gefiel ihr, dass er mit der Stille leicht klarkam. Der Mann hatte eine Geduld an sich, um die Persephone ihn beneidete. Seit sie klein gewesen war, hatte sie immer den Drang verspürt, sich zu bewegen, etwas zu tun und zu unternehmen. Ihr Vater hatte sie immer dafür verflucht, dass sie nicht stillsitzen konnte.

Oliver schien einen beruhigenden Einfluss auf sie zu haben. Sobald sie neben ihm saß, hatte sie das Gefühl, einfach tief durchatmen und die Brise auf ihrem Gesicht genießen zu können.

„Glaubst du, Roberto könnte eventuell wissen, wo sich der *blutende Fluss* befindet?", fragte Oliver.

Als Antwort schüttelte sie den Kopf und drehte sich um, damit sie ihn ansehen konnte. „Ich habe ihn danach gefragt, aber er kennt keine Flüsse mit rotem Wasser."

Erneut legte sich Schweigen zwischen sie.

„Wie bist du zur Schatzjägerin geworden?"

Ihre Brust verkrampfte sich. „Durch meine Mom."

Seine Augenbrauen huschten hoch. „Ist sie auch eine Schatzjägerin?"

„Nein." Persephones Hände klammerten sich um die Bootkante. „Sie ist eine Trickbetrügerin und Diebin." Sie schaute weg, weil sie den Schock und die Abscheu auf seinem Gesicht nicht sehen wollte. „Einmal hat sie eine wunderschöne kleine Brosche aus Amethyst gestohlen. Es war das Schönste, was ich je gesehen habe, und als ich erfuhr, wie alt sie war – sie wurde in England irgendwann um die Jahrhundertwende hergestellt – faszinierte sie mich nur noch mehr. Jeden Tag habe ich das verdammte Ding betrachtet, bis sie es verkauft hat."

Zögerlich riskierte sie einen Blick auf sein Gesicht, das leicht schockiert wirkte, aber wie immer sah er einfach nur ruhig und nachdenklich aus.

„Mach dir keine Sorgen, Professor. Ich werde mich nie wie eine waschechte Kriminelle verhalten. Da ziehe ich die Grenze." Vor allem würde sie nie jemand sein, der ein Leben mit einem Lächeln zerstörte. Athena Blake nutzte alle Waffen in ihrem Arsenal, um den Job zu erledigen, und es war ihr völlig egal, wem sie dabei wehtat.

Persephone wusste, dass sie viel von ihrer Mutter geerbt hatte, aber sie weigerte sich, gewisse Dinge zu tun, die ihre Mutter nur zu gern tat, um einen Job durchzuziehen. Dennoch konnte man sich seiner Abstammung nicht gänzlich entziehen.

„Meine Mom war nicht oft da. Mein Dad hat mich großgezogen. Er arbeitete in Minen, bei Öl- oder Gasunternehmen in der ganzen Welt, aber wir haben viel Zeit hier in Südamerika verbracht."

Oliver brummte leise, und sie wusste nicht, wie sie das Geräusch deuten sollte. Ihr Magen zog sich zusammen, doch sie ignorierte ihn und zwang sich, ihn anzugrinsen.

„Ich bin mir sicher, dass mein schäbiges Leben ganz anders ist als das eines Goldjungen, der von einem wohlhabenden Dad und einer vornehmen Mom in Denver großgezogen wurde."

„Wahrscheinlich. Du hast deine Recherchen auf alle Fälle gemacht."

„Natürlich."

„Meine Eltern sind keine Snobs." Er lächelte schief. „Okay, vielleicht ein bisschen, aber sie sind nicht gemein. Sie waren schockiert, als ihre beiden Söhne ihren eigenen Weg einschlugen, haben uns jedoch unterstützt. Mein Bruder ist ein Cop und ich bin Archäologe. Dad hat leider nie den Anwaltssohn bekommen, den er sich gewünscht hat."

„Nun, sie werden sicher damit leben können, dass einer ihrer Söhne Recht und Ordnung verteidigt und der andere ein angesehener Geschichtsprofessor ist", erwiderte sie trocken. „Vor allem, wenn ihr beide irgendwann hübsche Frauen aus der Oberschicht heiratet und ihnen Enkelkinder mit großen, blauen Augen schenkt."

Oliver lachte und Persephone konnte den Blick nicht abwenden. Sein Lachen war klangvoll – tief und durchdringend. Ihr Blick wanderte seinen kräftigen Hals hinunter und ihre Hände sehnten sich danach, ihn zu berühren. Etwas in ihrem Inneren zog sich zusammen und ihr wurde seltsam warm.

„Du hast also schon alles durchschaut", grinste er.

Persephone zuckte mit den Achseln. „Es ist immer gut, wenn man weiß, wohin das Leben einen führen wird."

Er rückte näher. „Und wohin führt es dich, Percy?"

„Ich werde dir die Smaragdträne verkaufen und den Erlös in meinen Sparstrumpf stecken. Bald werde ich mich an einem weißen Sandstrand in der Karibik zur Ruhe setzen. Oder vielleicht in Polynesien. Da bin ich nicht allzu wählerisch."

Sie zog die Hülle heraus und fischte das Foto vom Strand hervor. Als Oliver seine Hand danach ausstreckte, berührten sich ihre Finger. Ein elektrisierendes Knistern sorgte fast dafür, dass sie sich vergaß, und das Bild von dem Haus fiel heraus, bevor sie es wegstecken konnte. Er hob es vom Holzboden des Bootes auf.

„Was ist das?", fragte er und drehte es um.

„Nichts", erwiderte sie und versuchte, es ihm wegzuschnappen. „Nur ein Haus, das ich schön finde."

Er sah sie eindringlich an. „Ich glaube nicht, dass es am Strand viele viktorianische Häuser gibt."

Erneut zuckte sie die Achseln. „Es bedeutet nichts. Ich muss es endlich wegwerfen. Keine Ahnung, warum ich es überhaupt behalten habe."

Persephone konnte seinen Blick spüren, als sei er etwas Körperliches. Er studierte sie, als wäre sie eine Tonscherbe, die er im Schlamm gefunden hatte und wieder zusammensetzen wollte.

„Sieht aus wie die restaurierten viktorianischen Häuser in Denver."

Sie schaffte es, ihm das Bild aus der Hand zu schnappen, und steckte es wieder in die Plastikhülle.

Roberto rief ihnen etwas zu und deutete auf ein Faultier, das an einem Baum am Ufer über dem Fluss hing, und der Moment war vorbei.

„O mein Gott", seufzte Persephone mit einem Grinsen. „Das ist echt süß."

Der Tag zog vorbei und sie begegneten ein paar Mal anderen Booten. Die Fischer winkten ihnen freundlich zu. Sie entdeckten mehrere kleine Nebenflüsse und befuhren sie ein Stück weit, um sich umzusehen, aber sie fanden keinen *blutenden Fluss*.

Kurz darauf ging die Sonne unter, die Schatten der Bäume vertieften sich und die Geräusche des Dschungels schlugen um. Persephone trug bedächtig mehr Moskitospray auf und Oliver holte etwas von dem Essen, das er eingepackt hatte, aus seinem Rucksack.

Sie knabberte leise an der Studentenfuttermischung und beobachtete, wie sich der Dschungel um sie herum auf den Abend einstellte. Am Rande des Flusses tauchten mehrere Köpfe auf, die sie beobachteten. Riesige Flussotter.

„Oliver", murmelte sie und stieß ihn leicht an.

Er musste lächeln, als er sie sah. Sie beobachteten die Tiere, bis sie außer Sichtweite waren. Bald war der Dschungel in Dunkelheit getaucht. Roberto zog eine kleine Taschenlampe hervor und steuerte sie zum Flussufer, wo er das Boot an einem starken Ast anband.

„Wir sollten ein wenig schlafen", meinte Oliver.

Er packte seinen Schlafsack aus und Persephone tat es ihm gleich. Am anderen Ende des Bootes legte Roberto eine Decke auf den Holzboden, wobei es aussah, als habe er dies schon hundertmal getan.

Das Boot war nicht sonderlich groß, daher gab es nicht viel Platz. Oliver hatte sich bereits niedergelassen und Persephone hatte keine andere Wahl, als sich neben ihn zu legen.

Der Schlafsack machte den Holzboden nicht wirklich komfortabler, daher rutschte sie hin und her, um eine gute Position zu finden. Sie hatte schon an schlimmeren Orten übernachtet. Als sie sich weiterbewegte, stieß ihr Körper gegen Olivers und sie erstarrte.

Ein starker Arm umschlang sie und zog sie zurück. Seine Brust presste sich an ihren Rücken und er drückte seine Beine gegen ihre. „Hör auf, dich zu bewegen."

„Ich versuche nur, es mir bequem zu machen."

„Das ist doch bequem." Sein Gesicht lag in ihrem Haar. „Schlaf jetzt."

Auf keinen Fall würde sie so schlafen können, direkt an Oliver Ward gepresst, der so unheimlich sexy war. Sie spürte die Bewegung seiner Hand und plötzlich spielte er mit ihrem Haar. Es fühlte sich ... gut an.

Bevor sie es merkte, war sie bereits eingeschlafen.

Als sie aufwachte, lag ihr Körper im Sonnenlicht und ihr Gesicht direkt an einer harten, männlichen Brust.

Persephone blinzelte. *O Gott.* Sie waren ineinander verschlungen. Sein Arm lag auf ihrer Hüfte, und eines ihrer Beine ruhte zwischen seinen. Verdammt, sie passten perfekt zueinander.

„Guten Morgen." Seine Stimme war ein tiefes Grollen.

Verlangen durchströmte sie. Er war so verdammt umwerfend. Wie sollte sie ihm widerstehen, wenn er ihr so nahe war?

Er spielte erneut mit ihrem Haar, und sie atmete scharf ein. Es konnte nicht schaden, ihn kurz zu berühren, oder? „Morgen."

Dann hörte sie das Pfeifen. Sie drehte ihren Kopf und sah, wie ihr Bootsführer fröhlich am Motor des Bootes arbeitete.

Widerwillig entfernte sie sich von Olivers Körper und setzte sich auf. Das Sonnenlicht glitzerte auf dem Wasser und die Luft war heute schwer von Feuchtigkeit.

Oliver zog seine Stiefel an und entfernte sich von den Schlafsäcken, während Persephone ihr Gesicht wusch und ihr Haar mit ihren Fingern kämmte. Sie schnaubte. Cheryl brauchte bestimmt länger, um sich zu frisieren.

Nach einem schnellen, einfachen Frühstück warf Roberto den Motor an und fuhr mit ihnen wieder hinaus auf den Fluss.

„Vielleicht finden wir ihn heute", meinte Oliver.

Sie nickte. Falls der verdammte *blutende Fluss* hier irgendwo war, würden sie ihn auf jeden Fall ausfindig machen.

Es war kaum mehr als eine Stunde vergangen, als sie eine weite Flussbiegung passierten. Plötzlich tauchte ein größeres Boot auf, aus dessen Schornstein schwarzer Rauch aufstieg. An der Vorderseite war ein großes Maschinengewehr montiert.

„*Bandidos.*" Roberto bedeutete Oliver und Persephone, sich zu ducken.

„Scheiße." Oliver packte sie und glitt mit ihr nach unten, um keine Aufmerksamkeit auf sie zu ziehen.

Doch das Geschützboot wendete und zielte direkt auf sie. Roberto lehnte sich vor, schrie und fuchtelte mit den Armen.

Das andere Boot wurde nicht langsamer, und Persephone sah Männer in Schutzanzügen auf dem Deck. Einer bewegte sich hinter das Maschinengewehr.

„Oliver!"

„Ich habe es gesehen." Seine Finger drückten ihre Hand fester.

Das Geschützboot eröffnete das Feuer.

Das Grollen des Maschinengewehrs übertönte jedes andere Geräusch. Persephone konnte nicht einmal schreien. Entsetzt sah sie, wie die Kugeln Robertos Körper zerrissen.

Plötzlich packte Oliver sie und riss sie rückwärts über die Bootskante. Mit einem Platschen fielen sie in den Fluss.

KAPITEL FÜNF

Oliver strampelte schnell mit den Beinen und fluchte, als er Flusswasser schluckte und es wieder ausspie. Er hielt Percy fest, deren Kopf auftauchte, als sie einen tiefen Atemzug nahm.

Hinter ihnen dröhnte das Feuer des Maschinengewehrs, dessen Kugeln das Boot durchschlugen.

„Schwimm", rief er und schob Percy Richtung Ufer. „Richtung Flussufer."

Das Boot bot ihnen ein wenig Schutz, aber sie mussten hier raus, und zwar schnell. Er versuchte, nicht an die Kaimane im Fluss zu denken.

Gemeinsam schwammen Percy und er mit gesenktem Kopf hastig vorwärts.

Kugeln schlugen zischend um sie herum ins Wasser ein und Percy schrie auf. Er schob sie vor sich her, und einige Momente später erreichten sie ihr Ziel. Glücklicherweise war das Ufer hier flacher als an der Ausgrabungsstätte und sie konnten das Wasser leicht verlassen.

Noch mehr Kugeln schlugen im Schlamm zu ihren Füßen ein und Percy schrie auf.

Oliver verpasste ihr erneut einen Stoß und sie eilten ins Dickicht.

Zum Glück hatte er daran gedacht, sich seinen Rucksack zu schnappen, bevor er Percy ins Wasser gezogen hatte. Flink löste er seine Machete aus einem Riemen und schnallte sich den durchweichten Rucksack um die Schultern.

Hinter ihnen näherten sich Rufe dem Flussufer. Die Mistkerle folgten ihnen.

„Geh weiter", knirschte er. „Wir müssen so viel Abstand zwischen sie und uns bringen, wie wir können."

Sie nickte und strich sich ihr feuchtes Haar von der Stirn. Ihr T-Shirt klebte an ihrem Körper und gab die Konturen ihrer Brüste preis.

Herrje, Ward, das ist jetzt wirklich nicht der richtige Zeitpunkt.

„Wirst du einen Weg für uns freischneiden?", fragte sie.

Er schüttelte den Kopf. „Wir laufen so lange weiter, wie wir können, ohne die Machete zu benutzen. Ich will ihnen es ihnen nicht zu leicht machen, uns zu finden."

Persephone schob die Schultern zurück und marschierte los, wobei sie die Ranken aus ihrem Weg schob. Oliver folgte ihr lächelnd. Seine Percy war eine tapfere Soldatin in diesem Sturm. Sie weinte und beschwerte sich nicht, sondern machte einfach weiter.

Gemeinsam stapften sie heftig schwitzend etwa eine Stunde durch den Dschungel. Die Vegetation wurde immer dichter und die Luft war feucht und ruhig. Nicht einmal eine Brise erleichterte ihnen ihre Aufgabe. Er hielt inne und zwang sie, etwas zu trinken. Als sie weiterzogen, fing er an, seine Machete zu benutzen.

Nach ein paar Schwüngen hatte er endlich einen Rhythmus gefunden, mit dem er die Ranken und Äste bearbeiten konnte. Wenn sie gut vorankamen, hörte er auf, in dem Versuch, ihre Spuren zu verwischen.

Während sie weiterliefen, hielten sie regelmäßig an, um zu lauschen, konnten aber keine Geräusche hören, die andeuten würden, dass sie verfolgt wurden. Er hoffte bei allen Göttern, dass die Banditen im Geschützboot aufgegeben hatten.

„Der arme Roberto." Trauer zeichnete sich auf Percys Gesicht ab.

Sie legte ihr Kinn auf ihre Brust und Oliver nahm sich eine Sekunde Zeit, einen Arm um sie zu legen und sie kurz festzuhalten. „Wenn wir wieder in Tena sind, sagen wir den Behörden Bescheid und kontaktieren seine Familie."

Percy nickte. Sie wanderten weiter, aber Oliver wusste, dass das Adrenalin, das sie antrieb, langsam schwand. Die Schatzjägerin sah abgekämpft aus, obwohl sie sich nicht ein einziges Mal beschwert hatte.

Er versuchte zu kalkulieren, wie viel Abstand sie zwischen sich und ihre Angreifer gebracht hatten. War es genug? Er wollte auf keinen Fall ihr Leben aufs Spiel setzen.

Sie waren noch nicht sonderlich lang weitergegangen, als das gedämpfte Plätschern, das er zunächst für Regen hielt, lauter wurde. Oliver legte den Kopf schief und lauschte. Nein, das war kein Regen. Er wusste genau, was es war.

Schnell packte er Persephones Hand und zerrte sie vorwärts. Sie stürmten aus dem Dickicht und weiter oben sah er einen wunderschönen Wasserfall, der über dunkle Steine herabfiel.

„Heilige Scheiße", murmelte sie.

Bei ihrer Reaktion musste er lächeln, aber als er sie ansah, erkannte er, dass es nicht der Wasserfall war, der sie fesselte. Tatsächlich starrte sie in die entgegengesetzte Richtung.

Oliver drehte sich um. Das schlechte Wetter hatte sich verzogen und die Sonne versuchte verzweifelt, sich ihren Weg aus den dichten Wolken zu bahnen. Jeder Muskel in seinem Körper spannte sich an.

Vor ihnen lagen ein enges Tal und die faszinierenden Windungen eines Flusses. Eines *roten* Flusses.

„Die Steine hier müssen Eisen oder etwas Ähnliches enthalten", meinte Percy. „Deswegen ist das Wasser rot."

Oliver starrte zu dem dunkelroten Wasser. „Verdammt."

Sie drehte sich um und grinste ihn breit an. „Wir haben ihn gefunden! Den *blutenden Fluss*."

Mit diesen Worten sprang sie an ihm hoch, schlang ihre Beine um seine Hüften und presste ihre Lippen auf seine.

Oliver hielt sie fest, senkte den Kopf und vertiefte den Kuss. Sie schmeckte so verdammt gut und er wollte mehr. Persephone roch nach Regen und schmeckte wie Honig.

Als sie sich voneinander lösten, legte er einen Arm

um sie. „Was ist der nächste Hinweis nach dem *blutenden Fluss?*"

„Das Tagebuch sagt, man soll dem Fluss zu schwarzen Klippen folgen", antwortete sie und verzog die Lippen.

„Hm."

Sie starrte ihn an und zog die Augenbrauen hoch. „Was?"

Er packte ihre Schultern und drehte sie zum Wasserfall. „Meinst du damit etwa diese Klippen?"

Percy atmete tief ein und betrachtete die dunklen Steine. Beide blickten sie hoch und starrten auf den langen, anmutigen Wasserfall, der über die schwarzen Klippen glitt.

„O mein Gott." Ihr Lachen war ansteckend, und sie drohte vor Aufregung fast zu platzen. „Wir sind so nah dran!"

„Kann sein, aber jetzt müssen wir uns erst mal waschen, etwas essen, und uns frische Kleidung anziehen."

Einen Moment lang sah es aus, als wolle sie protestieren, aber schließlich nickte sie. Gemeinsam machten sie sich auf den Weg zum Wasserfall. Das Wasser landete auf glatten, flachen Steinen, die nach unten hin abfielen und einen flachen Teich schufen.

„Wasch du dich zuerst", schlug Percy vor und zog einige Dinge aus ihrem Rucksack. „Du hast stundenlang die Machete geschwungen."

„Willst du damit andeuten, dass ich stinke?"

Sie grinste. „Das habe ich nicht gesagt, Professor."

Nickend watete er ins Wasser und ging zum Wasserfall, während der Matsch sich aus seinen Kleidern löste. Er musste seine Sachen waschen und versuchen, sie zu trocknen. Ersatzkleidung befand sich in seinem Rucksack und er könnte Percy ein T-Shirt leihen, allerdings keine Hose.

Er trat unter den Rand der Gischt, hob sein Gesicht an und zog sein Hemd aus. Seine Hose und Unterwäsche folgten. Nachlässig warf er sie auf einen Stein und stellte sich dann nackt unter den Strom. Verdammt, was für ein Tag. Man hatte auf sie geschossen und ein Unschuldiger war gestorben. Er und Percy waren fast getötet worden. Und wahrscheinlich waren die Bösewichte immer noch hinter ihnen her.

Das Wasser floss über seinen Körper. Trotz allem, was sie in den letzten paar Stunden durchgemacht hatten, hatte Oliver sich noch nie so lebendig gefühlt.

Er öffnete die Augen und sein Blick fiel auf Persephone, die auf einem Stein an der Uferkante saß. Ihre grauen Augen waren auf ihn gerichtet. Sie beobachtete ihn – gänzlich schamlos und ungeniert.

Sein Schwanz wurde hart und jede Zelle in seinem Körper erwachte schlagartig zum Leben. Okay, *jetzt* fühlte er sich wirklich lebendig.

Er wusch sein Haar zu Ende und beobachtete, wie ihr Blick seinen Bewegungen folgte. In ihrem hübschen Gesicht stand Leidenschaft geschrieben.

Diese wilde, temperamentvolle Frau wollte ihn.

Das Verlangen pochte heiß in Olivers Blut. Mit einer Hand umfasste er seinen Schwanz und pumpte ihn.

Percys Lippen teilten sich und ihr hungriger Blick fixierte seine Bewegungen.

Oliver pumpte weiter und konnte nicht mehr aufhören. Dabei stellte er sich vor, dass sie ihn anfasste. Ihr Blick löste sich nie von seiner Hand um seinen Schwanz. Sie sah nicht schüchtern weg oder tat so, als hätte sie nichts gesehen.

Nein, Persephone Blake war direkt und jagte immer dem nach, was sie haben wollte.

Er sah, wie sie von dem Stein glitt und voll bekleidet in den Fluss sprang. Dann begann sie, auf ihn zuzuschwimmen.

PERSEPHONE HATTE SCHON FRÜH in ihrem Leben gelernt, nicht zu viele Dinge zu wollen. Sich nicht zu sehr zu kümmern.

Zu oft hatten die Menschen sie enttäuscht, und sie hatte auf die harte Tour gelernt, dass einem die Dinge, um die man sich sorgte, leicht gestohlen werden konnten. Oder man verlor sie. Schon viel zu häufig hatte sie mit leeren Händen dagestanden.

Ja, das Leben hatte ihr beigebracht, sich nur auf sich selbst zu verlassen. Wenn man etwas wollte, musste man es sich holen und vermeiden, dass es einem zu viel bedeutete.

Jetzt, in diesem Moment, war Oliver Ward alles, was sie wollte.

Sie wollte jeden glorreichen, strammen Zentimeter seines Körpers. Und verdammt, er bedeutete ihr etwas. Zu viel.

Während sie durch das Wasser watete, betrachtete

sie seinen muskulösen Körper. Er sah nicht aus wie ein Bodybuilder, der ständig ins Fitnessstudio ging, aber er machte eindeutig Sport und achtete auf sich. Der Mann hatte den Körper eines Athleten, mit einer festen Brust, starken Armen und straffen Bauchmuskeln. Offen gesagt, stellte er ihr Klischee von einem spießigen Historiker gehörig auf den Kopf.

Die Schatzjägerin schluckte, während das Verlangen sie durchströmte und sie schwindelig und atemlos zurückließ. Scheiß drauf. Sie war fertig damit, vorsichtig zu sein. In diesem Moment warf sie jede Zurückhaltung über Bord.

Als sie ihn erreichte, stieg sie auf den flachen Stein, auf dem er stand.

Gott, aus der Nähe betrachtet sah er noch besser aus. Sie konnte nicht sagen, ob er sie packte oder sie ihn, aber plötzlich küssten sie einander. Percy legte ihre Hände auf seine feuchte Brust und seine Finger zerrten an ihrer Kleidung.

Schnell hatte er ihr T-Shirt und BH ausgezogen und die Sachen auf einen Stein in der Nähe geworfen. Dann legte er seine starken Arme um sie und hob sie hoch. Ihre Hände glitten durch sein nasses Haar, während er sie noch ein paar Zentimeter höher drängte. Oliver leckte an einem ihrer Nippel und saugte ihn in seinen Mund.

„Ja", stöhnte sie und krallte ihre Finger in sein Haar.

„Ich wollte das tun, seit ich dich das erste Mal gesehen habe." Er saugte an ihrer Brustwarze und streichelte sie mit seiner Zunge.

Ein Feuerwerk explodierte in Persephone und sie stöhnte laut auf.

„Seit du in mein Leben gestürmt bist, ist mein Schwanz die ganze Zeit halb hart", knurrte er.

Sie keuchte. „Nur halb?"

Ein weiteres Knurren entfloh seinen Lippen. „Im Moment sicher nicht."

Er setzte sie ab und öffnete ihre Hose. Eine Sekunde später zog er sie an ihren Beinen hinunter. *Ja.* Sie wollte nackt sein und diesen Mann an ihrem Körper spüren, Haut an Haut.

Schnell trat sie ihre Hose weg, doch Oliver griff nach ihr, bevor das Wasser sie verschlucken konnte, und warf sie zum Rest ihrer Kleidung.

Nackt standen sie auf dem Stein und starrten einander an. Das Wasser floss in Rinnsalen über seine Haut und sie beobachtete, wie es nach unten tropfte, vorbei an seinem steinharten Schwanz der sich gegen seinen Bauch presste, und weiter seine starken Schenkel hinab.

Percy streckte ihre Hand nach seinem Schwanz aus. Seinem wunderschönen, glatten Schwanz. Sie begann, ihn zu streicheln.

„Nicht so schnell", stieß er aus.

„Jetzt. Ich brauche dich." Ein unheimliches Bedürfnis erfasste sie. Er musste dieses Feuer für sie löschen.

„Ich will das nicht übereilen", erklärte Oliver, während er zärtlich an ihrem Hals knabberte.

Sex war für Persephone immer eine schnelle, lockere Sache gewesen. Doch als sie in seine blauen Augen sah, konnte sie Gefühle darin brodeln sehen. Das zwischen ihnen ... es war anders als sonst.

Er hob sie hoch und watete mit ihr durch den Wasserfall zu einem Bereich aus flachen Steinen. Dort setzte er sie ab, und der Wasserfall schenkte ihr ein gewisses Gefühl der Privatsphäre.

Erneut sah sie in seine Augen. Sie waren so verdammt intensiv und besitzergreifend.

Etwas in ihr zuckte, und sie streckte ihre Hand nach seinem Schwanz aus. „Ich muss dich in mir spüren."

Persephone wusste, dass sie nur diesen Moment bekam. Dieses Abenteuer. Ein Mann wie Oliver Ward würde nie bleiben, zumindest nicht bei einer Frau wie ihr. Tief in ihrem Körper, in der Nähe ihres Herzens, spürte sie einen scharfen Stich.

Dann küsste er sie erneut. Seine warmen Lippen streichelten ihre Brüste, und er saugte an ihren Nippeln, bis sie keuchte. Das war nicht das, was sie gewohnt war. Gefühle durchrissen sie und sie versuchte erneut, ihn zu berühren. Sein talentierter Mund glitt ihren Bauch hinab und sie schob sich ihm entgegen, als er ihre Beine auseinanderstieß.

„Wir werden nicht schnell und hart ficken, Percy." Bevor sie atmen konnte, lagen seine Lippen auf ihrer Pussy und leckten sie.

O Gott. Er begann, an ihr zu saugen und fand ihren geschwollenen Kitzler.

„Ich werde deinen Körper anbeten und dich um den Verstand bringen."

Panik stieg in ihrer Brust auf. „Ich … kann das nicht."

„O doch, das kannst du." Er stöhnte auf und leckte sie weiter.

Persephone hatte keine Zeit, sich mental darauf

einzustellen. Ihr Orgasmus kam mit jedem Lecken seiner Zunge, mit jedem Saugen seiner Lippen näher. Sie fühlte sich, als hätte man sie ohne Sicherheitsnetz in die Luft geworfen, und schob sich ihm entgegen, während sie seinen Namen rief. Ihre Lust war zu groß.

Schließlich explodierte sie.

Als sich ihre Sicht wieder klärte, lag sie auf dem Stein und Olivers angespanntes Gesicht war dicht über ihrem.

Das Verlangen stand in seinen Augen geschrieben und seine Lippen glänzten von ihrer Essenz. Nie zuvor hatte sie etwas gesehen, das ansatzweise so sexy war. Sie streckte ihre Hand nach ihm aus, und er bewegte seinen starken Körper zwischen ihre Beine. Die Schatzjägerin hob den Kopf und beobachtete, wie er seinen Schwanz zwischen ihre Oberschenkel schob.

„Ich habe keine Kondome dabei", sagte er mit heiserer Stimme.

Persephone kannte ihren Körper gut, und wenn sie eines über Oliver wusste, dann, dass er ein guter, vertrauenswürdiger Mann war.

„Komm in mir, Oliver. Ich brauche dich."

Ohne zu zögern, stieß er in sie und vergrub sich tief in ihrem Körper.

Ihre Lippen teilten sich. „Oliver!"

„Nimm mich." Erneut versenkte er sich in ihrer Hitze.

Persephone konnte fühlen, wie sich ihr Körper ihm anpasste. „Ja."

Er legte seine Hände an ihren Seiten auf dem Fels ab und nahm sie mit wilden Stößen. Der charmante

Wissenschaftler war verschwunden und von einem harten, rücksichtslosen Liebhaber abgelöst worden, dessen Verlangen ihn anspornte. Ein Verlangen, das er für *sie* empfand.

Das hier war weder Sex noch Liebe. Es war Besitzgier.

Persephone schlang ihre Beine um seine Hüften. Während dieser starke, unglaubliche Mann sie vögelte, erzitterte etwas tief in ihrem Inneren.

Langsam begannen die hitzigen Gefühle in ihr wieder zu wachsen. Sie umklammerte ihn fester, heisere Schreie drangen aus ihrer Kehle und hallten durch die Luft. Schnell streckte sie ihre Arme nach oben und schlang sie um ihn. Als ein weiterer Orgasmus über sie hereinbrach, öffnete sie den Mund, um zu schreien, aber seine Lippen verschluckten jeden Ton. Sie kratzte mit ihren Nägeln über seinen Rücken.

Mit einem letzten tiefen Stoß und einem lauten Stöhnen kam er in ihr.

KAPITEL SECHS

as zur Hölle war das? Olivers Brust hob und senkte sich rasend. *Herr im Himmel.*

Langsam versuchte er, seine Beine zur Bewegung zu überreden und schaffte es, sich von Persephones liegendem Körper herunterzuheben. Ihre Augen waren geschlossen, ihr Kopf zur Seite geneigt und ihr Gesicht errötet.

Vorsichtig hob er sie hoch und stieg mit ihr ins Wasser. Als sein Schwanz aus ihr herausglitt, stöhnte sie.

Verdammt, er war immer noch hart. Das war noch nie zuvor geschehen, auch nicht, als er noch ein geiler Teenager gewesen war.

Plötzlich verspürte Oliver ein schier gnadenloses Bedürfnis, diese Frau als die seine zu markieren und ihr zu zeigen, dass sie zu ihm *gehörte*. Natürlich war er sich dessen bewusst, dass Persephone Blake ihr Leben immer nach ihren Regeln gelebt hatte und nie von jemandem abhängig gewesen war. Verdammt, das war eins der Dinge, die er an ihr bewunderte.

Doch er wollte, dass sie ihm vertraute und sich auf *ihn* verließ.

Dieser urtümliche Instinkt durchströmte ihn. Der Gedanke, dass sie ihn hiernach einfach verlassen könnte, als ob das, was sie miteinander geteilt hätten, nichts bedeutete, ließ ihn aufknurren.

„Oliver?"

Er packte ihre Hüfte, drehte sie zu ihm und drückte ihren Bauch gegen den Stein, auf dem er sie gerade gefickt hatte. Ihr hübscher Arsch ragte aus dem Wasser und er streichelte die strammen Rundungen. Persephone gab ein leises Wimmern von sich und schob sich ihm noch weiter entgegen. Mit einer Hand glitt er nach unten und streichelte sie zwischen ihren Beinen. Dann fand er ihren Kitzler und rollte ihn zwischen seinen Fingern.

Mit einem tiefen, heiseren Aufschrei zuckte sie zusammen, bevor sie ihn über ihre Schultern ansah. „Willst du noch mal?" Sie leckte sich über die Lippen. „Professor, du steckst voller Überraschungen."

Ihr Tonfall klang neckend, aber er konnte auch eine Ernsthaftigkeit in ihren Augen sehen. Als er zwei Finger in sie hineinschob, zog sich ihr Körper um sie zusammen.

„Bereite dich lieber vor." Raunte er mit heiserer Stimme.

Sie erstarrte und atmete keuchend. „Du siehst ... gefährlich aus."

„Ich würde dir nie wehtun, Percy. Aber jetzt werde ich dich so richtig hart ficken."

Erneut leckte sie sich über die Lippen, spreizte ihre Beine und drückte ihm ihren Arsch entgegen.

Oliver knurrte und packte ihre Hüften, während er

beobachtete, wie sie ihre Wange auf den Stein legte und sich ihm voll und ganz hingab.

Er lehnte sich vor und rammte seinen Schwanz in sie.

Stöhnend erwiderte sie den Stoß, nahm seinen Schwanz tief in sich auf. „Mehr."

Sofort stieß er unnachgiebig in sie. Sie war feucht, eng und einfach herrlich. Ein unnachgiebiges Verlangen trieb ihn an, als ob die urtümliche Hitze des Dschungels etwas tief in ihm entfacht hätte.

Doch er wusste, dass das einfach nur an der Frau vor ihm lag.

Während er sie fickte, verlor er jedes Zeitgefühl und jedes Gefühl dafür, wie oft sie bisher gekommen war.

In ihm baute sich eine ungeahnte Leidenschaft auf – heiß, hart, unaufhaltsam. Als sein Orgasmus ihn überwältigte, schrie er laut auf und kam mit einem tiefen Brüllen.

„Gott." Oliver brach auf ihr zusammen. Unfähig, mehr zu tun, krallte er seine Hand in ihr Haar und drehte ihren Kopf zu sich um, damit sie ihn ansah. Dann schenkte er ihr einen sanften Kuss auf ihre Lippen.

„Du bist nicht wirklich der zurückhaltende Archäologe, für den ich dich gehalten habe", murmelte sie erschöpft.

Erneut berührten seine Lippen die ihren. „Nicht bei dir, Süße."

Genau in diesem Augenblick knurrte Percys Magen. Oliver drückte ihr einen Kuss auf die nackte Schulter und merkte, wie ein ganz neues Gefühl ihn übermannte. Das Bedürfnis, für sie zu sorgen.

„Ich sollte dir wohl besser etwas zu essen besorgen." Er tat so, als hätte sie seine Welt nicht gerade völlig auf den Kopf gestellt, und stand auf. „Danach sollten wir allerdings weiterziehen. Mir wäre es lieber, wenn wir mehr Abstand zwischen uns und unsere *Freunde* bringen würden, bevor wir uns einen Platz zum Schlafen suchen."

Persephone stand ebenfalls auf, vollkommen ungeniert, obwohl sie nackt war. Sie schöpfte ein wenig Wasser in ihre Hände und ließ es über ihre Brust fließen.

Sein Blick glitt nach unten und betrachtete ihre kleinen, straffen Brüste. Er bemerkte ein paar rote Stellen, wo die Steine Abschürfungen hinterlassen hatten. Sanft zog er sie ins Wasser und übernahm es, sie zu waschen. Als er bedächtig ihre Pussy reinigte, beobachtete sie ihn mit roten Wangen.

Mit schmutzigem Sex hatte Persephone kein Problem, aber alles, was als Intimität gedeutet werden konnte, schien sie zu verängstigen.

Sie war lange Zeit allein gewesen, aber er wollte das ändern.

Sobald sie wieder am Ufer waren, legten sie ihre Kleidung zum Trocknen aus. Oliver zog sich frische Klamotten an und reichte ihr ein sauberes T-Shirt. Danach aßen sie gemeinsam, während sie am Ufer saßen, und starrten zu dem roten Fluss unter ihnen hinab.

„Was machen wir als Nächstes?" Er deutete mit seinem Kopf zu der schwarzen Klippe über ihnen.

Persephone wedelte mit ihrem Finger in diese Richtung. „Wir müssen da hoch."

Seine Augenbrauen huschten fast bis zu seinem Haaransatz hoch. „Hast du heimlich Kletterausrüstung eingepackt, von der ich noch nichts weiß?"

„Nein", grinste sie. „Aber die brauchen wir auch nicht. Sieh mal." Mit diesen Worten deutete sie hinter sich.

Oliver drehte sich um und sah zu den schwarzen Steinen der Klippe. Ranken und andere Pflanzen überwucherten sie. „Was?"

Percy stand auf und schob sanft ein paar Pflanzen aus dem Weg.

Er atmete zischend ein. „Verdammt."

Eine einfache Treppe war in die Felswand gehauen worden. Die Stufen waren alt und von der Zeit verwittert. Ranken, Moos und anderer Bewuchs hatten sie fast vollständig verdeckt. Aber nicht, so schien es, vor Percys Adleraugen.

„Was sagst du zu ein wenig heißem, schwitzigem Training?", fragte sie.

„Ich dachte, wir hätten uns schon im Wasserfall verausgabt."

Sie lächelte. „Das stimmt wohl."

Er stand auf und nahm seinen Rucksack und seine Machete. „Aber klar, ich bin dabei."

Schnell packten sie ihre restlichen Sachen, und Oliver beobachtete, wie Percy ihre feuchte Hose anzog und bei dem Gefühl zusammenzuckte. Sie beschwerte sich jedoch nicht.

Am Ende der Treppe hackte Oliver die Ranken zurück.

„Gehen wir", meinte er.

Die Stufen waren rau und nass. An einigen Stellen hatten sich alte, verrottete Blätter angesammelt, was den Aufstieg rutschig und gefährlich machte.

Als sie halb oben angekommen waren, schwitzte Oliver stark und seine Muskeln brannten. Doch dann hörte er Percy lachen und drehte sich zu ihr um. Sie schien viel Spaß zu haben, und er lächelte. Oliver hatte sich noch nie so lebendig gefühlt wie mit dieser Frau an seiner Seite.

PERSEPHONE WACHTE auf und stellte fest, dass sie erneut an Olivers Brust eingeschlafen war.

Er selbst schlief noch, und sie nutzte die Chance, ihn anzusehen, ohne dass die gewaltige Kraft seiner blauen Augen und seiner Persönlichkeit sie blendete.

Er sah einfach so unglaublich gut aus und die Knochen formten sein Gesicht auf eine Weise, die dafür sorgen würde, dass er auch im Alter noch attraktiv sein würde.

Persephone bewegte sich ein wenig und spürte, wie eine Lawine von Schmerzen und Zuckungen in ihrem Körper zum Leben erwachte. Einige davon stammten von ihrer verrückten Dschungelflucht und dem quälenden, langsamen Aufstieg zur Klippe. Andere von Oliver, der seinen großen Schwanz in ihr vergraben hatte.

Langsam atmete sie aus. Als sie oben angekommen waren, war die Sonne schon fast hinter dem Horizont verschwunden, und sie waren beide erschöpft gewesen. Daher hatten sie entschieden, das kleine Zelt aufzubauen und sich ein wenig auszuruhen.

Das Zelt war nur für eine Person bestimmt, daher war es ziemlich eng, aber Oliver machte das Beste daraus.

Am Ende war sie wieder nackt gewesen und hatte gegen seine sinnlichen Lippen geschrien. Sie atmete zittrig aus, um sich zu beruhigen. Es war kein Sex gewesen, kein reines Vögeln, was die einzigen Dinge waren, mit denen Persephone Erfahrung hatte. Das, was Oliver und sie getan hatten, war etwas anderes. Etwas, das ihr Angst einjagte.

Sie schüttelte den Kopf und hob ihre Hand, um seine Wangen zu streicheln. Seine Stoppeln fühlten sich unter ihren Fingern kratzig an. Ihre Angst war nicht so groß, als dass sie sich zurückziehen würde. Sie konnte ihn nicht für immer behalten, aber sie konnte ihn genießen, solange er ihr gehörte. Nach diesem verrückten Abenteuer würde Dr. Oliver Ward zurück nach Denver reisen, der Liebling an der Universität werden, eine kultivierte, vernünftige Frau heiraten und ein schönes, anständiges Leben führen.

Persephone schluckte gegen den Kloß in ihrer Kehle an. Er war umwerfend und sein hübsches Gesicht im Schlaf völlig entspannt.

Ein mächtiges, feuriges Gefühl setzte ihre Brust in Flammen. Gegenwärtig gehörte er ihr und sie würde alles nehmen, was sie bekommen konnte. Sie würde Erinnerungen mit ihm erschaffen, die sie mitnehmen und schätzen könnte, wenn sie an ihrem weißen Strand saß.

Sie glitt mit ihren Händen über seine Brust und seinen Körper hinunter. Dann drückte sie ihm einen Kuss auf die Hüfte, bevor sie ihre Hände um seinen wunderschönen Schwanz schlang. Persephone verschwendete keine Zeit, bevor sie ihn in ihren Mund nahm.

Mit einem Stöhnen wachte er auf.

„Percy." Seine Hand krallte sich in ihr Haar, aber er zog sie nicht von sich herunter oder übernahm die Kontrolle. Stattdessen ließ er sie gewähren, während sie an ihm leckte und saugte.

Sie konnte spüren, wie angespannt er war. Sein Körper stand kurz vor der Schwelle und er würde gleich kommen. Doch im letzten Moment zerrte er sie nach oben und setzte sie auf sich.

Während er auf dem Rücken unter ihr lag, hob Persephone ihre Hüften an und ließ sich auf seinem Schwanz nieder.

Schon bald stöhnten sie beide und Oliver stützte sich auf seine Ellbogen, um sie zu küssen. Persephone bewegte ihre Hüften und ritt ihn langsam, während sie sich ansahen. Seine Augen ließen nicht von ihren ab, als sie sich liebten. Sie nahm ihn tief in sich auf und genoss die wachsende Wärme in ihrem Bauch.

Plötzlich hörte sie, wie seine Atmung umschlug, und ihre eigenen Empfindungen sich zuspitzten.

„Percy." Seine Hände umklammerten ihre Hüften und drückten sie nach unten.

Ihr Orgasmus durchströmte sie und sie schrien beide auf. Als sie kam, konnte sie spüren, wie er sein Sperma in sie schoss.

In dem Moment, in dem sich ihre Sicht klärte, bemerkte sie, dass ihr Kopf auf seinen breiten Schultern ruhte.

Oliver drückte ihr einen Kuss auf die Stirn. „Ich würde wirklich gern den ganzen Tag hierbleiben, aber wir müssen da noch einen Smaragd finden."

Percy rollte sich von ihm herunter, obwohl ihr Körper noch unter den letzten Wellen ihres Höhepunkts zuckte. Sie fühlte sich auf merkwürdige Art und Weise leer. Dennoch zog sie die Hülle hervor und zeigte ihm die Tagebuchseite. „Der nächste Hinweis lautet: Geht weiter zu den drei schneebedeckten Bergen."

Er nickte. Sie hatten die drei Berge von der Klippe aus in der Ferne gesehen, bevor die Sonne untergegangen war. Oliver legte seine Hand auf ihre Hüfte. „Dann schlage ich vor, dass du dich anziehst, bevor die Moskitos deine schöne, weiche Haut zerfressen."

Sie arbeiteten gut zusammen und aßen schnell ihr Frühstück, bevor sie das Zelt zusammenfalteten. Oliver ließ nicht zu, dass sie den Rucksack trug, aber Persephone bestand darauf, dass sie sich mit der Machete abwechselten.

Sie gingen weiter durch den dichten Dschungel. Als ihre Muskeln zu schmerzen begannen, übernahm Oliver die Machete. Verdammt, sie könnte den ganzen Tag lang beobachten, wie sich seine Muskeln unter seinem Hemd anspannten.

Einige Male wechselten sie sich ab. Der kühle, erfrischende Wasserfall war nur noch eine ferne Erinnerung, und Persephone fühlte sich müde, ihr war heiß und sie war verschwitzt.

„Trinkpause", befahl Oliver.

Sie senkte die Machete zum matschigen Boden, während er zu einem entwurzelten Baumstamm ging und den Rucksack öffnete. Er zog die Wasserflaschen heraus und hob sie an seinen Mund, um einen Schluck zu trinken.

Eine schnelle Bewegung erregte Persephones Aufmerksamkeit. Flink glitt sie vorwärts, angetrieben von einem plötzlichen Adrenalinstoß. Sie prallte gegen Oliver und warf ihn zur Seite.

Der Kopf der Schlange schnellte vorwärts, doch sie verfehlte ihr Ziel. Persephone schwang die Machete und schlug dem Reptil ohne zu zögern den Kopf ab.

„Verdammt." Oliver starrte die tote Schlange an. „Sieh aus wie eine Art Giftschlange."

Persephones Herz raste immer noch, während sie die braunschwarzen Flecken der Schlange betrachtete. „Entweder eine Lanzenkopf- oder eine Buschmeisterschlange."

„Beide sind extrem giftig." Er sah sie an. „Wenn sie mich gebissen hätte, wäre ich jetzt tot."

Ihr Magen drehte sich um. „Lebendig mag ich dich lieber."

Er lehnte sich vor und küsste sie fest auf die Lippen. „Ich bin auch gern am Leben."

Sie gingen weiter, doch alles, was Persephone vor ihrem inneren Auge sah, während sie die Ranken und das Dickicht beseitigte, war Oliver, der nach einem Schlangenbiss starb. Verdammt, allein die Vorstellung war furchtbar.

Plötzlich traf die Machete auf Stein und ein Schmerz zuckte durch ihren Arm.

Oliver kam neben ihr zum Stehen und schob die Ranken zur Seite.

Beide erstarrten, und Persephones Herzschlag dröhnte in ihren Ohren. Vor ihnen lag eine aus einem großen Stein gehauene Statue.

Der Dschungel, die Zeit und der Regen hatten einen Großteil davon abgetragen, aber sie stellte eindeutig einen stehenden Mann dar, der eine Art Kopfschmuck trug und die Hände vor sich gefaltet hatte.

„Die haben definitiv die Inka gemacht." Olivers Gesicht strahlte vor Aufregung.

Vorsichtig hackte Persephone noch mehr Ranken ab. In der Nähe stand eine ähnliche Statue.

„Hier unten." Er trat den Matsch und die toten Blätter auf dem Boden weg. Sie half ihm dabei und erkannte dann die Steine, die dort lagen. Hier war ein Weg.

Gemeinsam folgten sie ihm und beseitigten noch mehr der Vegetation.

Weitere Statuen säumten den Pfad. Allesamt aufrecht stehende Männer mit unterschiedlichen Arten von Kopfschmuck. Schließlich endete der Weg an einer Felswand.

„Sieh mal, Oliver."

Ein eingestürzter Eingang führte in den Felsen und war von Schnitzereien der Inka umgeben. Das musste der Eingang zur Mine sein.

Oliver ergriff grinsend ihre Hand. „Wir haben es geschafft! Wir haben die verschollene Smaragdmine der Inka gefunden."

Sie lächelte ihn an. „Nun, jetzt ist sie nicht mehr verschollen."

KAPITEL SIEBEN

Oliver verspürte eine Welle der Erregung. Sein Job bestand normalerweise aus eher kleinen Siegen und Entdeckungen. Aber das hier ... das war riesig.

Ihm war vollkommen klar, was Percy daran gereizt hatte, Schatzjägerin zu werden. Der nie enden wollende Nervenkitzel der Jagd, um am Ende etwas wie diese Mine zu entdecken – etwas, das so lange verloren gewesen war.

Er betrachtete die klassischen Gravuren der Inka und versuchte, sich alle Details einzuprägen. Ein Teil von ihm schätzte sie enorm. Sie waren Beweise für die Existenz der Menschen, die hier einst gelebt hatten, mit ihrer vielfältigen, lebendigen Geschichte. Für ihn waren die kleinen Dinge, auch wenn sie nicht so pompös waren, genauso aufregend.

„Sieht so aus, als wäre die Mine vor langer Zeit eingestürzt", meinte Oliver. „Die Smaragdträne könnte hier irgendwo vergraben sein."

Percy hob die Augenbrauen und schüttelte den Kopf.

„Das Tagebuch besagt, dass die Träne und der Schmetterling in Statuen eingearbeitet waren, die vor der Mine standen. Deswegen ging der Schmetterling verloren und landete in den Händen der Spanier."

Oliver schob ein paar Ranken beiseite und hielt ein Auge nach Schlangen offen. Dabei entdeckte er mehr Statuen, die sie gemeinsam eine nach der anderen absuchten. Doch sie fanden keinen Hinweis auf die wertvollen Juwelen.

Schließlich entdeckte er einen verfallen, steinernen Torbogen, der vom Eingang der Mine wegführte. „Sieh mal." Er nutzte die Machete, um die wuchernden Pflanzen zu beseitigen, und dahinter erkannten sie einen weiteren, aus Stein gelegten Weg, der halb im Schlamm vergraben war.

Percy trat neben ihn. „Sehen wir uns das mal an."

Gemeinsam folgten sie dem Pfad, der schnell aufwärts und über die Mine führte.

„Hier ist noch eine Statue", sagte sie. „Wow, Oliver! Sieh dir das an."

Er beobachtete, wie sie die Ranken entfernte, die weitere Gravuren bedeckten, und atmete scharf ein. Die Brust der Statue war mit kleinen, ungeschliffenen Smaragden besetzt. „Unglaublich." Jeder einzelne der wertvollen Steine war so groß wie sein Daumennagel.

Die Schatzjägerin umkreiste die Statue und machte ein langes Gesicht. „Aber leider keine Smaragdträne."

Oliver fand nicht, dass sie allzu traurig klang. Irgendetwas sagte ihm, dass sie genauso aufgeregt war wie er, weil sie die Mine gefunden hatten.

Plötzlich dröhnte Waffenfeuer durch die Stille.

Oliver warf sich auf Percy und sah, wie die Kugeln neben ihnen im Dreck einschlugen. Gemeinsam fielen sie zu Boden.

Scheiße. Sie saßen auf dem engen Pfad, den sie halb den Hügel hinaufgegangen waren, in der Falle. Er drehte sich um und beobachtete, wie die bewaffneten Banditen auftauchten, die allesamt Schutzanzüge trugen und ihre Waffen gezogen hatten.

Ein Mann in einem khakifarbigen T-Shirt, das er in eine dunkelgrüne Hose gesteckt hatte, und glänzenden, braunen Stiefeln tauchte in seinem Blickfeld auf. Er war fit, muskulös und um die vierzig. Sein blondes Haar glänzte. Er lächelte sie erst an, als seien sie alte Freunde, dann gestikulierte er zu den Banditen.

Oliver und Percy wurden auf die Knie gezerrt und ein Mann riss die Machete aus Olivers Händen. Eine Sekunde später spürte er das kalte Metall einer Waffe in seinem Nacken. Aus seinem Augenwinkel konnte er sehen, dass es Percy genauso erging. Sein Magen zog sich zusammen. *Verdammt noch mal.*

„Ich hatte ein paar Schwierigkeiten, die Hinweise zu entschlüsseln", erklärte der Mann mit kehliger Stimme und einem britischen Akzent. „Aber ihr zwei habt es mir deutlich erleichtert. Wir sind euch praktisch den ganzen Weg hierher gefolgt."

„Wer zur Hölle sind Sie?", knurrte Percy.

Der Fremde neigte seinen Hut zu ihnen. „Verzeihung. Wo sind nur meine Manieren geblieben? Ich bin Henry Acton, der Mann, der mit dem Verkauf der Smaragdträne ein Vermögen machen wird."

„Ein Schatzjäger", spie Oliver aus. „Ohne jeden Respekt für die Geschichte."

Der Mann zog seine blonden Augenbrauen hoch. „Und doch vögeln Sie meinesgleichen, Dr. Ward." Sein finsterer Blick wanderte zu Percy. „Sie mag ja hübscher sein als ich, aber glauben Sie wirklich, dass Sie ihr vertrauen können?"

„Die Smaragdträne ist nicht hier", erwiderte Oliver.

Das freundliche Lächeln des Mannes verwandelte sich in eine hässliche Fratze. Er zog ein großes Messer aus seinem Gürtel. „Da bin ich anderer Ansicht, Dr. Ward."

Acton trat auf Percy zu und Oliver spürte, wie sein Herz zu rasen begann. Kämpferisch hob sie ihr Kinn.

„Die kleine Persephone weiß genau, wo das Juwel ist. Nicht wahr?", grinste der Mann.

Oliver sah sie an. Ihr Gesicht war völlig ausdruckslos und sie betrachtete den Mann aufmerksam.

Wovon zur Hölle redete das Arschloch?

„Wissen Sie, Persephone hier ist genau wie ich", erklärte Acton mit seidiger Stimme. „Sie zeigt nicht gern ihr ganzes Blatt, und sie vertraut niemandem. Auch nicht dem Mann, der das Bett mit ihr teilt."

Olivers Magen zog sich zusammen. „Nein." Er war sich sicher, dass sie angefangen hatte, sich auf ihn zu verlassen.

Dann bemerkte er, wie Percy zusammenzuckte und ihren Kopf zu ihm drehte. Ihre Augen wirkten flehend. „Oliver –"

„Nenne uns den letzten Hinweis, Kleine. Den, den du nicht mit Mr. Ward geteilt hast. Den, den der alte, gewitzte Händler Sosa dir gegeben hat, während er sich geweigert hat, ihn mir zu verraten."

„Nein", antwortete sie.

Acton hob das Messer an und legte es an ihren Hals. „Obwohl ich Sosa auf sehr kreative Art und Weise gefoltert habe, wollte er nicht damit herausrücken. Ich frage mich, wie lange du durchhalten wirst."

Scheiße. Oliver konnte sehen, wie das Blut aus ihren Wangen floss.

„Ich habe Ihnen nichts zu sagen, Sie Wichser", knurrte sie.

Acton drückte ihr das Messer an die Wange. „Ach wirklich?"

Sie starrte ihn an. „Es spielt keine Rolle, was Sie mir antun, ich werde Ihnen nichts sagen."

„Och, du bist es nicht, der ich etwas antun werde." Der Mann drehte sich um und stach das Messer ohne Vorankündigung in Olivers Schulter.

Ein brennender Schmerz flammte in ihm auf und Oliver stöhnte. *Dieser verdammte Schweinehund.* Er starrte das Messer an, das in seiner Haut steckte.

Percy schrie auf. Acton riss das Messer aus der Wunde und versenkte es erneut darin.

Oliver presste die Zähne gegen den Schmerz zusammen. Blut durchtränkte sein T-Shirt.

„Reden Sie", forderte Acton. „Oder Sie können dabei zusehen, wie der gute Professor hier im Matsch verblutet."

PANIK DURCHSTRÖMTE PERCYS ADERN. Sie fühlte sich wie Säure an, die sie von innen heraus verätzte.

Sie starrte auf das helle, rote Blut, das Olivers T-Shirt zeichnete. Der gute, kluge, attraktive Oliver Ward. Er war viel zu perfekt für sie.

Erneut zückte Acton das Messer. Persephone konnte die Galle in ihrer Kehle schmecken und war kurz davor, sich zu übergeben. „Hören Sie auf!"

Acton senkte das Messer und grinste sie an, während Oliver sich weigerte, seine Aufmerksamkeit auf sie zu richten. Sein Blick fiel zu Boden, und er hatte eine Hand auf seine Wunde gedrückt.

„Ich werde es Ihnen sagen", erklärte sie. „Hören Sie auf, ihm wehzutun, dann sage ich es Ihnen."

„Das ist wirklich enttäuschend, Miss Blake. Ich war mir so sicher, dass Sie eine skrupellose, kaltherzige Schlampe sind."

Sie warf dem Mann einen bösen Blick zu.

Acton legte den Kopf schief und lachte. „Gott, es ist schlimmer, als ich dachte. Sie haben sich in ihn verliebt."

Sie zuckte zusammen. Aus den Augenwinkeln sah sie, wie Olivers Kopf nach oben flog, aber sie konnte ihn nicht ansehen. Sie fühlte sich entblößt.

„Na los, her mit dem letzten Hinweis", verlangte der Schatzjäger.

Sie atmete zitternd ein und antwortete: „Die Smaragde ruhen mit Blick auf die Mine aus der Vogelperspektive."

Der Mann nickte. „Also irgendwo oben auf der Klippe." Er nickte mit seinem Kopf zu einer der Wachen, und plötzlich riss ein Mann Persephone auf die Beine und schubste sie vorwärts. Ein anderer Mann packte Oliver am Hemd und zwang ihn, aufzustehen.

Sie gingen im Gänsemarsch den Weg hinauf. Er wurde steiler und felsiger, aber auch schlammiger und rutschiger. Weitere verwitterte Statuen säumten die Vegetation. Percy blickte immer wieder zu Oliver. Er erwiderte ihren Blick nicht, aber sie konnte sehen, dass er Schmerzen litt. Blut sickerte weiter in sein T-Shirt und tränkte die Hand, die er auf die Wunde drückte.

Es tut mir so leid, Oliver.

Sie hielten auf einem flachen Felsvorsprung inne, und Persephone drehte den Kopf. Von hier aus hatten sie einen herrlichen Blick auf den Fluss unter ihnen. Der Eingang zur Mine war irgendwo im Dschungel den Hügel hinab versteckt.

Wieder wurde sie vorwärts gestoßen, und vor ihnen schlugen zwei Wachen mit Macheten einen Pfad in die Vegetation. Kurze Zeit später wich der Dschungel einem breiten, steinernen Plateau.

Sie sog ehrfürchtig den Atem ein. Die Plattform war eindeutig von Menschenhand erschaffen worden, und in der Mitte thronten zwei riesige Steinstatuen.

Beide trugen einen kunstvollen, halbkreisförmigen Kopfschmuck. Eine davon zierten große, runde Ohrringe, die, wie sie sehen konnte, aus Unmengen von kleinen Smaragden und Gold bestanden. In der Mitte des Kopfschmucks klaffte eine große, unregelmäßig geformte, leere Fläche.

Wahrscheinlich hatte dort einst ein Smaragd gesessen, der wie ein Schmetterling geformt war.

Im Zentrum des Kopfschmucks der anderen Statue saß mittig ein riesiger Smaragd, der wie eine Träne aussah.

Sofort breitete sich Gemurmel aus und Persephone stellte sich die Inka vor, die hier gestanden und ihre Traditionen und ihren Glauben bezeugt hatten. Ein Hauch Geschichte durchströmte sie, und sie verstand, woher Oliver die Leidenschaft für sein Fachgebiet nahm.

Die Schatzjägerin hob den Kopf. Oberhalb der Plattform hatten die Inka einfache Mauern aus Stein und Erde errichtet, um zu verhindern, dass Felsen und Schlamm in ihre heilige Stätte rutschen. Doch im Laufe der Jahre hatten sich Schichten von Schmutz und Schlamm angesammelt, die sich nun gefährlich auf dem Felsvorsprung über der Plattform türmten.

Sie warf einen Blick zu Oliver und bemerkte, dass er nicht die Statuen, sondern sie ansah. Sein Gesichtsausdruck war unlesbar.

Ja, Acton hatte recht. Sie hatte sich in Oliver Ward verliebt. Das war zwar dumm, aber sie wusste nicht, wie sie es hätte verhindern sollen.

Das Einzige, was sie wusste, war, dass sie nicht zulassen würde, dass Acton die Smaragdträne in die Hände bekam, ganz egal, was geschah. Und sie würde mit Sicherheit nicht zulassen, dass der Wichser Oliver noch einmal wehtat.

Sie sah nach oben und beobachtete, wie Acton zu den Skulpturen hochkletterte. Mit seinem Messer brach er die Smaragdträne aus ihrer Fassung. Dann stand er grinsend da und hielt den atemberaubend schönen Stein in der Hand.

Er sollte in einem Museum ausgestellt werden. Mehr Menschen als nur dieses Arschloch verdienten es, ihn zu bewundern.

Persephone sah sich um. Um sie herum standen vier bewaffnete Männer. Ihre Chancen standen miserabel, aber sie war schon immer gern das eine oder andere Risiko eingegangen.

Trotzdem wollte sie Olivers Leben nicht riskieren. *Denk nach, Persephone. Denk nach.*

„Acton!", rief sie. „Was ist mit dem letzten Hinweis?"

Der Mann runzelte die Stirn. „Was?"

„Hat Sosa Ihnen etwa nicht erzählt, dass es noch einen Smaragd gibt?" Sie hoffte, dass ihr Ton verlockend und überzeugend klang.

„Nein."

Mit einem Schulterzucken riss sie sich von ihrer Wache los und trat näher zu Acton. „Ich verrate ihn Ihnen, wenn ich bei dem Deal mitmachen kann."

Oliver beobachtete sie, und sie konnte spüren, wie sich sein Blick zwischen ihre Schulterblätter bohrte. Tatsächlich war sie sich sicher, dass er sie in diesem Moment hasste, doch sie würde ihn lebendig aus dieser Sache herausbringen, koste es, was es wolle.

Sie sah ihn an und versuchte, all ihre Gefühle und Gedanken in diesen einen Blick zu legen. Dann konzentrierte sie sich wieder auf Acton und tat so, als würde sie den Wachen in der Nähe scheinbar keine Beachtung schenken.

„Ich höre, aber machen Sie schnell." Der Mann kniff die Augen zusammen und betrachtete sie. „Eigentlich habt ihr zwei euren Zweck erfüllt."

„Nicht weit von hier gibt es noch einen größeren Smaragd als diesen ...“

Persephone trat noch einen Schritt vor und streckte dann in einer Bewegung so schnell wie ein Blitz die Hand aus und riss die Pistole aus dem Holster der Wache. Sie hob sie an und feuerte auf den Mann, der rücklings ins Dickicht fiel.

Flink drehte sie sich um, bückte sich und feuerte auf die nächste Wache und den Mann neben ihm.

Die Schatzjägerin konnte Acton schreien hören und machte auf dem Absatz kehrt. Acton sprang von der Statue herunter.

„Töte sie!“, rief er.

Aber die vierte Wache war auf dem Pfad nach unten geflohen, um in Deckung zu gehen, und hatte Oliver mit sich gezogen.

„Percy!“, rief Oliver. Er wehrte sich gegen den Mann, und sie sah, wie dessen Waffe in die Büsche flog.

Acton rutschte aus und fiel auf die Knie, aber er sprang schnell wieder auf und nahm den Pfad ins Visier, der den Hügel hinunterführte.

Er würde mit dem Smaragd davonkommen. *Auf keinen Fall, verdammt.* Percy sah zu den Steinen und dem Matsch über der Plattform, die sich in all den Jahren angesammelt hatten. Sie zielte und feuerte.

Ein Schuss folgte dem nächsten, doch nichts passierte.

Verdammt, jetzt mach schon. Sie zwang ihre Hände, ruhig zu bleiben, und schoss erneut.

Einige kleine Steine rollten den Hügel hinunter und

prallten an der Steinplattform ab. Weitere folgten, und der Boden unter ihren Füßen vibrierte.

„Sie werden uns alle umbringen!", schrie Acton und verlor erneut den Halt, während er versuchte, den Weg zurückzurennen.

Eine der verletzten Wachen hatte sich aufgerappelt, hielt eine Hand auf die Schusswunde in seiner Brust und starrte entsetzt nach oben. Ein großer Fels löste sich und begann, den Hügel hinunterzurollen, direkt auf sie alle zu. Dabei nahm er rasant an Fahrt auf.

O Scheiße. Persephone sprang zur Seite. Der riesige Fels rauschte an ihr vorbei, rammte die Wache und warf den Mann mit sich über die Felskante. Er schrie, während er fiel.

Acton rannte weiter, den Smaragd in seiner Hand. Persephone eilte ihm nach. Kleinere Felsen rollten über den Boden und erschwerten ihre Aufholjagd. Sie sprang über sie und tat alles, um nicht hinzufallen.

Der Boden begann zu beben. Ein tiefes, bedrohliches Poltern erklang um sie herum.

Persephone sah auf und riss die Augen auf. Herr im Himmel, der ganze Berg schien sich in Bewegung zu setzen. *Eine Schlammlawine.*

Die Masse bewegte sich langsam, sickerte nach unten und wurde dann immer schneller. Sie kam direkt auf sie zu.

„Percy!"

Olivers Schrei zwang sie, sich umzudrehen. Er stand direkt an der Seite der Klippe und hatte sich in einen kleinen Alkoven zurückgezogen, der in der Nähe der geschnitzten Stufen und außerhalb der Schneise der

Schlammlawine lag. Seine Hand war nach ihr ausgestreckt.

Schnell raste sie zu ihm und rutschte über das Geröll,
das jetzt überall verteilt war. Die letzte Wache stand
immer noch am gleichen Fleck, vor Entsetzen erstarrt.
Von Acton war keine Spur zu sehen.

Die Schlammlawine kam näher. Sie sah zurück und
bemerkte, dass sie sie fast erreicht hatte. Sie verschluckte
die Wache und riss sie mit sich.

Percy würde es nicht schaffen.

Verzweiflung erfüllte sie, weil sie wusste, dass sie hier
sterben würde.

Ihr Blick fiel auf Oliver und ihre Augen wurden noch
größer. „Nein!"

Der Mann stürmte auf sie zu.

„Nein!", rief sie ihm wieder zu.

Seine starken Arme legten sich um sie und er hob sie
hoch, als wäre sie ein Football. Dann sprintete er zurück
zu dem Alkoven. Die Schlammlawine raste auf sie zu
und war nur noch einen Meter entfernt.

Oliver packte sie noch fester und sprang.

Sie prallten gegen die Felswand und waren in Sicherheit. Beide stöhnten und kämpften an der felsigen Oberfläche um Halt. Der Schlamm rauschte draußen vorbei,
ergoss sich über die Klippe und den Hügel hinunter.

KAPITEL ACHT

„**D**anke."

Percys Stimme zitterte, während Oliver sie weiter an die Felswand drückte. Die Schlammlawine wurde mittlerweile langsamer, aber er wollte kein Risiko eingehen.

Er sah nach unten. Die Schatzjägerin starrte zu ihren matschbedeckten Stiefeln.

„Hast du gedacht, ich würde dich verdammt noch mal sterben lassen?" Wut überkam ihn.

Sie riss den Kopf hoch. „Du hättest sterben können! Niemals hättest du dich dieser Schlammlawine in den Weg stellen dürfen."

Er packte ihre Schultern und ignorierte den scharfen Stich seiner Verletzungen. „Sollte ich etwa in Sicherheit bleiben, während du stirbst?"

Sie zuckte mit den Achseln. „Dein Leben ist viel mehr wert als meins."

Seine Wut flammte auf. „Das will ich dich nie wieder sagen hören. Falls du glaubst, dass ich nicht gemerkt habe, dass du dieses Arschloch angelogen hast, um uns hier herauszubekommen, dann bist du nicht so clever, wie ich dachte."

Percy schluckte. „Aber ich habe dir nicht alles erzählt. Ich bin kein guter Mensch, Oliver. Ernsthaft, ich bin nicht wie du."

„Ich bin kein verdammter Heiliger, Percy. Und du bist nicht der Teufel." Er schüttelte den Kopf. „Wir tragen alle Schattierungen von Grau in uns. Jeder von uns könnte sich anständiger verhalten und klügere Entscheidungen treffen." Oliver streckte seine Hand aus und zog sie zu sich. Er musste sie näher bei sich haben.

Persephone vergrub ihr Gesicht in seinem T-Shirt und er glitt mit einer Hand durch ihr Haar. Sie war am Leben. Das war alles, was zählte.

„Du solltest mich vergessen", flüsterte sie. „Such dir eine kultivierte, gebildete Frau, die zu dir passt."

„Die mir jeden Abend ein warmes Essen kocht und mir meine Hausschuhe bringt? Denkst du wirklich, dass ich das will?"

Erneut zuckte sie die Achseln.

„Auf keinen Fall. Ich mag es schmutzig, kämpfe mich gern durch den Dschungel und habe Sex unter einem Wasserfall."

Sie sah zu ihm auf und ihre Brust zog sich zusammen.

„Ich verliebe mich gerade in dich, Persephone Blake."

Entsetzen stand ihr ins Gesicht geschrieben. „Was? Nein. Ich ..." Sie presste die Lippen erst zusammen, öffnete dann den Mund und schloss ihn wieder.

Oliver fand es irgendwie amüsant, wie sie mit sich

selbst haderte. „Sag bloß, die Schatzjägerin ist sprachlos?"

Es war wirklich lustig, aber in seiner Brust machte sich ein dumpfes Gefühl breit. Percy fühlte sich an wie der Wind. Wild und frei, und nicht greifbar für ihn.

„Wir müssen Acton davon abhalten, mit dem Smaragd zu fliehen." Sie straffte die Schultern. „Wir haben jetzt keine Zeit dafür."

Oliver seufzte. „Stimmt." Seine Hände packten sie fester. „Aber wir *werden* darüber reden."

Er ergriff ihre Hand und zog sie den Pfad entlang. So schnell sie es wagten, kletterten sie den schlammbedeckten Abhang hinunter, wobei er sich fragte, wie weit Acton ihnen voraus war. Hatte ihn die Lawine erwischt? Hatte der Mistkerl dafür gesorgt, dass in der Nähe ein Transportmittel auf ihn wartete?

Plötzlich tauchte ein dunkler Schatten aus den Bäumen auf und warf sich gegen Oliver. Sie rutschten durch den Matsch und Olivers Wunden schmerzten. Übelkeit stieg in seiner Kehle auf und er versuchte angestrengt, sie zu verdrängen, damit er kämpfen konnte.

Er rollte sich zur Seite ... und sah gerade noch, wie Acton zum Schlag ausholte. *Verdammte Scheiße.* Oliver zuckte zurück und sie kugelten erneut über den Boden.

Percy erschien über ihnen und hielt einen riesigen Stock in den Händen, mit dem sie auf Actons Rücken schlug. Der Mann stieß ein wütendes Knurren aus.

Oliver schaffte es, sich unter Acton auf ein Knie zu stützen. Der Mann rollte zur Seite ab und zog eine Pistole, die er auf Olivers Brust richtete.

Der Archäologe rammte seine Arme gegen den des

Schatzjägers und versuchte, die Waffe nach oben zu schlagen.

Im selben Moment stürzte Percy sich auf Acton und bohrte ihm zwei Finger in die Augen.

Acton brüllte vor Schmerz.

„Das ist für Roberto, Arschloch." Sie presste ihre Finger tiefer hinein. „Und dafür, dass Sie Oliver verletzt haben."

Oliver schaffte es, die Hand, in der Acton immer noch die Waffe hielt, über ihre Köpfe zu stemmen. Acton schlug wild um sich und alle drei rutschten weiter. Plötzlich spürte der Archäologe, dass der Boden unter seiner Schulter fehlte. Er drehte den Kopf.

Sein Blut gefror, als er erkannte, dass sie direkt am Rand der Klippe gelandet waren. Unten konnte er einen Blick auf den Fluss erhaschen. Sehr weit unten. *Verdammt.*

Wenn sie noch eine falsche Bewegung machten, würden sie alle drei über die Kante fallen.

„Percy!"

Sie drehte sich um, bemerkte den Abgrund, und ihre Augen wurden groß. Beherzt machte sie einen Satz und streckte die Hand nach dem Smaragd in Actons Faust aus.

„Nein!", schrie Acton.

Oliver zog sich zurück und sah, wie Actons Beine und Hüften über den Rand glitten. Er riss die Augen so weit auf, dass das Weiße in ihnen zu sehen war.

„Helft mir." Er schlug panisch um sich und versuchte mit einer Hand, nach dem Smaragd in Percys Hand zu greifen, während er mit der anderen Halt an der Klippe suchte.

„Percy, weg vom Abgrund –", rief Oliver.

Acton zog sie über den Vorsprung. Mit einer Hand griff sie nach der Kante und verhinderte so, dass sie fiel. Sie hing dort, immer noch mit Acton verbunden, da sie beide sich nun an den Smaragd klammerten. Acton hielt sich mit seiner anderen Hand ebenfalls an der Kante fest. Seine Knöchel waren weiß.

Fluchend griff Oliver nach einer Ranke. Er zerrte daran, und als sie standhielt, bewegte er sich näher zum Klippenrand. Er musste Percy retten.

Mit einer Bewegung entriss sie Acton den Smaragd. „Der gehört *nicht* Ihnen."

„Ihr werdet uns niemals aufhalten!", brüllte Acton. „Für meine Organisation arbeiten noch andere."

Oliver schaffte es, den Stoff von Percys Oberteil zu fassen. Er krallte seine Finger hinein und hielt sie, so fest er konnte.

Acton versuchte, einen Treffer gegen Percy zu landen, um ihr entweder den Smaragd aus der Hand zu schlagen oder ihren Griff an der Kante zu lösen. Oliver wusste es nicht genau. Sie schlug und trat wild um sich.

Plötzlich löste sich die Hand des Mannes vom Klippenrand und er stürzte schreiend in die Tiefe.

Den ganzen Weg nach unten brüllte er und trat aus, bevor er mit einem Platschen im Wasser landete. Einen Moment später glitten mehrere dunkle Silhouetten vom Ufer in den Fluss.

„O Gott", murmelte Percy.

Oliver schüttelte den Kopf. „Sieh nicht hin." Es fiel

ihm schwer, Mitleid mit dem Mann zu empfinden, auch wenn er einen furchtbaren Tod starb.

Dann spürte Oliver, wie Percys T-Shirt ihm entglitt. Sein Herz hämmerte gegen seine Rippen. „Percy, du musst zurückklettern."

Sie sah zu ihm hoch und ihre grauen Augen wirkten ernst. Ihre Blicke trafen sich.

Er atmete tief ein. In ihrem Gesicht stand eine endlose Traurigkeit geschrieben.

„Percy –"

„Du hast jemand Besseren verdient als mich, Oliver."

Der Archäologe biss die Zähne zusammen. „Jemand Besseren als eine kämpferische, mutige, intelligente Frau? Eine, die ein Feuer in mir entfacht und dafür sorgt, dass ich mich lebendig fühle?"

Sie schloss die Augen. „Du machst es mir nicht gerade leicht. Ich tue das für dich."

„Hast du wirklich geglaubt, ich würde es dir leicht machen, mich zu verlassen?" Oliver schüttelte den Kopf. „Ich habe dir doch gesagt, Percy, dass ich mich in dich verliebe. Ich will mein Leben mit dir verbringen. Dich heiraten, Kinder mit dir bekommen, ein Haus bauen, das ganze Paket."

Ihre Augen wurden groß. „Das meinst du nicht ernst."

„Todernst."

„Warum?" Sie sah ihn mit einer so offensichtlichen Sehnsucht im Blick an, dass es ihm das Herz brach.

„Weil ich mich in dich verliebe und du dasselbe für mich empfindest."

Mit verkniffenem Gesicht sah sie ihn an. „Ich

stamme von zwei Menschen ab, die sich nicht niederlassen konnten. Einer Diebin und einem Vagabunden. Es liegt mir im Blut."

„Schwachsinn. Wir sind nicht wie die Menschen, die uns gezeugt haben. Wir sind die Entscheidungen, die wir treffen, die Handlungen, die wir begehen. Du entscheidest, wer du bist, Percy. Was du aus dir machst."

Verdammt, er konnte spüren, wie der Stoff ihres Oberteils immer weiter aus seinen Fingern rutschte.

Ihr Blick glitt über sein Gesicht. „Du bist ein attraktiver Kerl, Oliver Ward. Und du musst lernen, dass die Menschen dich immer verraten werden."

Er verlor sie. Sie war direkt vor ihm, aber trotzdem entglitt sie ihm auf mehr als nur eine Art und Weise. Oliver atmete tief ein. Er hatte immer gewusst, dass es ein harter Kampf werden würde, Persephone Blakes Herz zu zähmen, aber er wollte sein Leben mit ihr verbringen, ganz egal, wie weh jede einzelne Schlacht tat.

„Ich vertraue dir, Percy. Und ich werde dich lieben, egal, was geschieht. Ich werde auf dich warten."

Einen langen Moment starrten sie einander an, während ihre Finger die Smaragdträne umschlangen.

Dann drückte sie ihre Stiefel gegen die Felswand und sprang ab. Sie riss sich aus seinem Griff und flog rücklings in die Luft, graziös wie ein Klippenspringer, bevor sie wie ein Pfeil auf den Fluss unter ihnen zuraste.

Oliver blieb stehen, wo er war, und umklammerte die Ranke. Er sah, wie sie ins Wasser stürzte und dann zügig ans entfernte Ufer schwamm. Als sie es erreichte, kletterte sie ans Ufer und verschwand im Dschungel. Er versuchte, den Schmerz in seinem Herzen wegzudrücken.

Ich werde auf dich warten, Percy.

***

OLIVER ÖFFNETE die Tür zu seiner Wohnung und schaltete das Licht ein.

Er seufzte, weil er müde und hungrig war, nachdem er den ganzen Tag damit verbracht hatte, an der Universität über die Rio-Napo-Mine zu lehren.

Jedes Mal, wenn er davon erzählte, dachte er an Percy und ihr Abenteuer im Dschungel.

Seit seiner Rückkehr aus Ecuador war ein Monat vergangen. Vier lange Wochen, die er ohne sie verbracht hatte. Verdammt, er hatte mehr Zeit ohne sie durchlebt als mit ihr.

Und doch dachte er jeden Tag an sie.

Er warf seine Tasche im Eingangsbereich auf den Boden. Seine Eltern machten sich Sorgen, das wusste er. Seine Mutter lud ihn ständig zum Essen ein, mehrmals die Woche, und beim letzten Mal hatte sich ihnen die gut gekleidete, hübsche Tochter einer ihrer Freundinnen angeschlossen.

Oliver wischte sich mit der Hand übers Gesicht. So langsam fragte er sich, ob er sich in Percy getäuscht hatte. Vielleicht empfand sie doch nicht so wie er? Seine Finger ballten sich zur Faust. Was sollte er tun, wenn er sie nie wieder sah? Der scharfe Schmerz in seiner Brust tat höllisch weh.

Dann erstarrte er. In seinem Wohnzimmer brannte eine Lampe.

Er hatte keines der Lichter angelassen.

Langsam ging er weiter in den Raum hinein, und der Glanz von etwas Grünem erstrahlte von seinem Couchtisch. Seine Brust zog sich zusammen. Die Smaragdträne ruhte auf dem glatten Holz.

Doch er ignorierte den funkelnden Smaragd, der ihm vollkommen egal war, und suchte stattdessen den Raum ab. Percy trat aus den Schatten in der Ecke des Zimmers.

Sie sah müde aus, strahlte aber immer noch ihre unglaubliche Anziehungskraft aus und war so wunderbar lebendig.

Alles in ihm erwachte zum Leben und er verdrängte seine eigene Erschöpfung.

„Du hältst dich wohl für besonders klug, was?", fragte sie.

„Hallo, Percy."

Sie streckte die Arme aus. „Du hast das geplant! Du hast dafür gesorgt, dass ich dich vermisse. Jede Stunde eines jeden verdammten Tages."

Ein Hochgefühl durchströmte ihn. Persephone Blake hatte ihn vermisst. „Ach, ist das so?"

Sie kam näher und in ihren Augen erkannte er eine grimmige Entschlossenheit. „Tja, Pech gehabt, denn jetzt werde ich dich nicht mehr gehen lassen. Du wirst dir keine schick frisierte Ehefrau im Seidenanzug suchen, die als Frau des Professors eine anständige Figur macht. Die Chance hast du vertan." Sie krallte ihre Hand in sein Hemd und zog ihn näher. „Jetzt gehörst du mir."

„Ich liebe dich, Persephone."

„Gott steh uns bei. Ich glaube, ich liebe dich auch."

Und dann drückte sie ihren süßen Mund auf seinen. Er legte seine Arme um sie, hob sie auf ihre Zehenspitzen und küsste sie leidenschaftlich. Er war ausgehungert, wollte sie so sehr.

Ihre Hände zerzausten sein Haar und sie stöhnte in seinen Mund.

Oliver knabberte an ihren Lippen. „Ich habe dich vermisst." Sein Mund glitt ihren Hals hinunter, während er sie rückwärts zum Schlafzimmer drängte.

„Ich dich auch", erwiderte sie. „Dir ist bewusst, dass ich dich in den Wahnsinn treiben werde? Wir werden uns streiten und ununterbrochen diskutieren."

Er lächelte. „Ich kann es kaum erwarten."

Dann rissen sie einander die Kleidung vom Leib und fielen auf sein Bett.

„Warte", meinte er. „Ich habe noch etwas für dich." Er streckte seine Hand aus und griff nach dem Gegenstand, der seit seiner Rückkehr nach Denver auf seinem Nachttisch lag.

Als sie den Ring in seiner Hand sah, fiel ihr die Kinnlade herunter. „Langsam ist nicht so dein Ding, oder, Professor?"

„Es ist zwar kein Smaragd aus Ecuador", erwiderte er, „aber er ist wild und strahlend wie du."

Die Schatzjägerin starrte auf den ovalen Smaragd, der von Diamanten umsäumt war, bevor sie ihre Augen auf seine richtete. „Bist du dir sicher, dass du das willst?"

„Ja." Er nahm ihre Hand. „Hundertmal ja, Percy." Damit steckte er ihr den Ring an den Finger. „Du wirst mein größtes Abenteuer sein."

„Gott, ich liebe dich." Ihre Augen glänzten mit Tränen, aber sie lächelte.

Wieder presste sie ihre Lippen auf die seinen, und sie verloren sich in Seufzern und Stöhnen.

***

EIN JAHR *später*

„Wo führst du mich hin, Ward?" Gott, ihre Neugierde brachte sie noch um. Er verhielt sich schon den ganzen Tag seltsam.

Oliver fuhr in eine Parklücke zwischen zwei Autos in der Wohnstraße von Denver und lächelte sie an. „Ich habe eine Überraschung für dich."

Herrje, es war bereits ein ganzes Jahr vergangen und er war immer noch der schönste Mann, den sie je getroffen hatte. Und jetzt, ein ganzes Jahr später, war sie dem Mann, der mittlerweile ihr Ehemann war, immer noch völlig verfallen.

Seine Eltern hatte ihre anfängliche Bestürzung ziemlich gut verborgen, als er sie ihnen vorgestellt hatte. Langsam hatten sie sich ihrer erwärmt, vor allem, nachdem sie gesehen hatten, dass Oliver glücklich war. Außerdem war Persephone verdammt gut darin, die Wards zum Lachen zu bringen – tiefe, herzhafte Lacher von Mr. Ward und ein höfliches Kichern von Mrs. Ward. Sie waren nicht so steif, wie Persephone befürchtet hatte, und Olivers Bruder Isaac war wundervoll.

Am Anfang war Olivers und Persephones Beziehung an der Universität ein Skandal gewesen. Doch als ein hohes Tier der Universität Oliver höflich darauf hingewiesen hatte, dass die Heirat einer berüchtigten Schatzjägerin seine Karriere gefährden würde, hatte er mit seiner Kündigung gedroht.

„Wenn ich mich zwischen meinem Job und meiner Ehefrau entscheiden muss, dann wird die Universität den Kürzeren ziehen", hatte er allen erklärt. „Und zwar immer."

Gott, ihr Ehemann. Sie stieg aus dem Wagen und konnte immer noch nicht glauben, dass er ihr gehörte und das Leben so wunderbar war.

Gemeinsam waren sie einige Male zurück nach Ecuador gereist und hatten bei der Ausgrabungsstätte an der Mine geholfen. Auf diesen Expeditionen war sie als Beraterin tätig gewesen. Sie zuckte zusammen. Persephone Blake – die jetzt Ward hieß – eine Beraterin. Niemals würde sie zugeben, wie viel Freude es ihr machte, den Archäologen zu helfen.

Oliver hatte sie zudem auch bei ein paar Schatzsuchen begleitet, obwohl er sie lieber Artefakt-Erwerbs-Reisen nannte. Er hatte nur darum gebeten, dass sie die Artefakte an seriöse Händler und Museen verkauften.

Persephone lächelte. Ja, das Leben war umwerfend. Sie spielte mit ihrem Smaragd- und ihrem Ehering an ihrem Finger. Und alles würde nur noch interessanter werden, wenn sie endlich den Mut aufbrachte, ihm ihr Geheimnis zu verraten.

Oliver nahm ihre Hand und zog sie vor ein wunderschönes, viktorianisches Haus. Sie keuchte auf. Es sah dem Haus auf dem Foto, das sie seit Jahren mit sich herumtrug, unglaublich ähnlich. Das Gebäude war aus warmem, rotem Backstein gebaut, mit vielen, dekorativen Elementen. Es hatte sogar ein Türmchen.

„Wie findest du es?", fragte er.

Amüsiert sah sie ihn an. „Das Haus ist wunderschön." Und doch hatte Oliver sie im vergangenen Jahr gelehrt, dass ein Zuhause nicht mit den Wänden gleichzusetzen war, in denen man lebte.

„Es gehört uns", erklärte er sachlich.

Sie erstarrte. „Was hast du gesagt?"

„Es gehört uns. Ich habe es gekauft. Das ist unser neues Zuhause."

Ihr fiel die Kinnlade herunter und schockiert bemerkte sie, dass ihr Tränen in die Augen stiegen. „Wirklich?"

Oliver legte seine Hände auf ihre Wangen. „Wirklich. Wenn wir nicht gerade unterwegs sind, ist das unser Zuhause."

Die Schatzjägerin räusperte sich. „Wie viele Zimmer hat es?"

„Fünf." Er legte den Kopf schief. „Warum?"

Sie ergriff seine Hand und legte sie auf ihren Bauch. „Weil wir in etwa sieben Monaten noch einen Mitbewohner bekommen werden."

Seine blauen Augen erstrahlten, und dann küsste er sie. Bevor sie noch etwas sagen konnte, fiel er direkt dort auf dem Weg auf die Knie und legte beide Hände auf ihren Bauch. Der Ausdruck von Verwunderung auf seinem Gesicht raubte ihr den Atem.

„Ein Baby?" Er sah zu ihr hoch. „Ich will vier."

Vier. Ihr Hirn verabschiedete sich. Das war *verrückt.* „Zwei."

„Vier."

„Ich werde auf keinen Fall viermal gebären."

„Drei."

Persephone atmete schnaubend aus. „Das werden wir noch sehen."

„Ich liebe dich, Percy Ward." Wieder einmal schenkte er ihr dieses umwerfende Lächeln, das ihr immer noch die Fähigkeit zu denken raubte. „Mein Leben ist viel besser, seit du bei mir bist."

„Und du bist mein schönstes Abenteuer, Oliver Ward."

Er stand auf und küsste sie vor dem Haus, das ihr Zuhause sein würde, und das Zuhause der Familie, die sie gemeinsam gründen würden.

ICH HOFFE, euch hat Olivers und Percys Geschichte gefallen! Lest *Der Smaragdschmetterling* und begleitet den ehemaligen SEAL Diego Torres und DEA-Agentin Sloan McBride auf ihrer actiongeladenen Jagd nach dem Smaragdschmetterling.

DER
SMARAGDSCHMETTERLING

KAPITEL EINS

E r trat aufs Deck hinaus und atmete einen tiefen Zug der frischen Meeresbrise ein, die ihn wie eine Droge erfüllte und durch seine Adern raste. Die Sonne von Florida fühlte sich auf Diego Torres' Haut warm an, und er war glücklich, weil er die nächsten zwei Wochen Urlaub hatte.

Mit einem Lächeln schritt er über das Deck seines Schiffs und Stolz erfüllte ihn. Die *Sturmnymphe* gehörte ihm allein. Nun, ihm und der Bank – wie die Schuldurkunde belegte.

Sie war sowohl sein Forschungs- als auch sein Bergungsschiff. Zwar war die *Sturmnymphe* nicht das größte Wasserfahrzeug hier draußen, aber für ihn war sie perfekt. Schließlich hatte er kein Boot gewollt, das einer riesigen Crew bedurfte. Die *Nymphe* hatte ein großes Arbeitsdeck mit einem A-Frame-Kran am hinteren Ende, um schwere Dinge anzuheben. Ein zweiter Kran war versteckt und dazu gedacht, seine Sammlung von ROVs ins Wasser zu heben. Die ferngesteuerten Unterwasserfahrzeuge waren alle sicher in abgeschlossenen Regalen verstaut. Eine weitere Halterung enthielt Tauchflaschen, und andere Fächer waren mit Neoprenanzügen, Schwimmwesten, Masken und Flossen gefüllt.

Diego drehte sich um. Die Kabinen befanden sich unter Deck, und auf der Hauptebene gab es ein Forschungslabor, das jeden Wissenschaftler glücklich machen würde. Außerdem verfügte das Schiff über eine ordentliche Kombüse und ein Esszimmer, und auf der obersten Ebene, die von einem Balkon umgeben war, lag die Brücke. Auf ihrem Dach befanden sich die Antennen für die Hightech-Kommunikationssysteme. Tatsächlich konnte sogar ein Hubschrauber auf einer Freifläche des Decks landen.

Und das war alles seins. Die *Nymphe* war die einzige Frau, die er brauchte. Er schritt über das Deck und sah sich einige Ausrüstungsgegenstände an, die er in den nächsten Wochen reparieren oder ersetzen wollte. Seine Crew – ein Vater mit seinem Sohn – hatte Urlaub, den sie in den nächsten Wochen auf der Jagd verbrachten. Diego war allein und vollkommen zufrieden.

Sein Plan war, lang zu schlafen, ein paar Wartungsarbeiten an der *Nymphe* durchzuführen, Corona-Bier zu trinken, während er die Sonnenuntergänge betrachtete, und seiner naseweisen Familie so lange zu entgehen wie möglich. Falls seine Mutter oder eins seiner Geschwister herausfand, dass er im Hafen lag, würden sie ihn auf keinen Fall in Ruhe lassen. *Komm zum Abendessen vorbei,* Cariño. *Triff dich mit der reizenden Tochter meiner Freundin,* mi Hijo. *Rede mit mir,* mi Hermano.

Diego liebte sie alle, aber seit er vor zwei Jahren die

Navy verlassen hatte, hatten sie ihre ständigen Nach-fragen zu einer Kunst verfeinert.

Er sah zu den Narben an seinem Arm hinunter. Seine Familie verstand es nicht. Keiner von ihnen ahnte, was er getan und was er gesehen hatte. Sie wussten nichts über die Freunde, die er verloren hatte.

Mit einem tiefen Atemzug stemmte er die Hände in die Hüften. Ihm war bewusst, dass er das alles nie vergessen und nie wieder der Mann sein würde, der er vorher gewesen war. Er wollte seine Familie davor schüt-zen. Der Grund, warum er sich überhaupt als SEAL gemeldet hatte, war, dass er seine Familie und sein Land hatte beschützen wollen.

Sein Handy vibrierte in seiner Hosentasche. Einen Moment lang dachte er daran, es zu ignorieren, aber dann klappte er es auf. „Torres."

„Diego. Zum Glück habe ich dich erreicht."

Sofort erkannte er die weibliche Stimme. Darcy Ward, neben ihren Brüdern Miteigentümerin der Trea-sure Hunter Security. Diego kannte Declan und Cal noch aus seiner Zeit als SEAL. Schon oft hatte er mit THS und ihren Klienten gearbeitet, wenn die Mission Unterwasser-Forschungen beinhaltet hatte.

„Hey, Darcy."

„Ich habe einen Job für dich", erklärte sie.

Er zog die Augenbrauen hoch. „Ich –"

„Ich weiß, ich weiß. Ich störe dich in deinem Urlaub", erwiderte sie eilig. Darcys Energie schien durch die Leitung zu strömen, und er schätzte, dass sie hinter ihren geliebten Computerbildschirmen saß. Wenn ihre Finger auf einer Tastatur lagen, war sie besonders energiegeladen. „Aber ich würde dich nicht anrufen, wenn es nicht wichtig wäre."

Im Hintergrund konnte Diego eine tiefe Stimme brummen hören.

„Warte kurz." Darcys Stimme klang jetzt gedämpft, als ob sie den Hörer bedecken würde. „Ich telefoniere gerade." Pause. „Das geht dich nichts an." Noch eine Pause, und dann ein Schnauben. „Mach dich mal locker, ich brauche nur noch ein paar Minuten. Ich arbeite *mit* dir, nicht *für* dich. Schließlich habe ich keinen Vertrag unterschrieben, der mich zu deiner Sklavin macht." Pause. „Nur noch eine *Minute*, okay? Diego? Bin wieder da."

„Geht es dir gut?"

Sie stieß ein Zischen aus. „Ich habe da noch einen Job in DC zu erledigen. Einen sehr arroganten und nervigen Job."

„Okay. Hör mal, Darce –"

„Gut", unterbrach sie ihn. „Wo war ich? Ich habe da eine Freundin. Eine wirklich enge Freundin vom College. Ihr Grandpa stirbt an Krebs und hat nicht mehr viel Zeit."

Diegos Augenbrauen huschten noch höher. Was zur Hölle hatte das mit ihm zu tun? „Das ist mies."

„O ja, vor allem, weil er die einzige Familie ist, die sie noch hat. Als ihre Eltern gestorben sind, hat ihr Grandpa sie aufgenommen. Er hat vor Jahren mit meinem Dad zusammengearbeitet. Ben war sein Mentor. Sein ganzes Leben lang hat er nach einem Smaragd der Inka gesucht, den man den Smaragdschmetterling nennt. Hast du schon mal davon gehört?"

„Klar. Irgendein Smaragd, der seit langer Zeit verschollen ist", antwortete Diego. „Haben deine Eltern nicht einen ähnlichen gefunden?"

„Ja." Darcys Stimme wurde sanfter. „Meine Eltern lernten sich in Ecuador auf einer Schatzsuche nach der Smaragdträne kennen."

Diego war sich der Tatsache bewusst, dass die rauflustige Persephone Ward als berühmt-berüchtigte Schatzjägerin ihr Unwesen getrieben hatte, während Oliver Ward als anständiger Archäologe bekannt gewesen war. Sie waren im Dschungel von Ecuador aufeinandergeprallt und hatten eine verschollene Smaragdmine der Inka und das berühmte Juwel entdeckt.

„Als sie da unten waren, fanden sie Beweise für einen zweiten riesigen Stein namens Smaragdschmetterling", fuhr Darcy fort. „Ben hat jahrelang nach ihm gesucht. Alle Geschichten besagten, dass die Spanier ihn mitgenommen hätten. Er fand Beweise dafür, dass er sich an Bord einer Galeone befand, die nach Spanien unterwegs war."

Diego konnte spüren, wie sich seine Nackenhaare aufstellten. „Wie hieß das Schiff?"

„Die *Nuestra Señora de Atocha*."

Er setzte sich auf die Stufen, die zur Brücke führten. „Darcy, du weißt doch, dass die Schatzjäger das Wrack der *Atocha* 1985 gefunden haben. Du kannst dir die Artefakte hier im Museum von Key West ansehen."

„Diego, uns beiden ist doch klar, dass die Schatzjäger nur die Hälfte der *Atocha* entdeckt haben. Sie haben die Achternburg nie gefunden, den hinteren Teil des Schiffs, wo sich die Kapitänskajüte befand, in der man die wertvollsten Stücke, inklusive eines riesigen Smaragdes, aufbewahrt hätte. Dieser Teil ist immer noch irgendwo da draußen, unentdeckt, und wartet nur darauf, gefunden zu werden."

„Viele Menschen haben jahrzehntelang nach der Achternburg der *Atocha* gesucht. Niemand hat sie je gefunden."

„Meine Freundin glaubt, dass sie es geschafft hat. Sie will, dass ihr Grandpa den Smaragdschmetterling einmal in den Händen hält, bevor er stirbt."

Diego schloss seine Augen. *Verdammt.* Seine Pläne, spät aufzustehen und sich seinem Biervorrat zu widmen, lösten sich schnell in Luft auf.

„Dafür braucht sie ein Schiff und jemanden, der ihr hilft, den Smaragd zu bergen."

„Darcy —"

„Für dich gibt es auch noch einen zusätzlichen Bonus." Ihre Stimme wurde lockend. „Genug, um mehr Ausrüstung für dein Schiff zu kaufen. Ich weiß, dass eine teure Tauchausrüstung deine Aufmerksamkeit erregt hat. Unter anderem diese Rebreather-Geräte und die Vollgesichtsmasken mit dem Unterwasser-Funkkommunikationssystem."

„Du bist gemein."

Die Frau lachte. „Ich mag es einfach, wenn ich meinen Willen bekomme. Das Beste daran ist, dass das Wrack direkt vor Key West liegt. Du musst gar nicht weit rausfahren. Wahrscheinlich dauert es nur ein paar Tage." Darcys Stimme klang jetzt flehend. „Bitte."

„Warum kann ihr niemand von THS helfen?"

„Dec ist hier in DC mit mir." Ihr Tonfall wurde ernst. „Wir arbeiten an einem Plan, um der Seidenstraße eine Falle zu stellen."

Diegos Blut gefror zu Eis. Die Seidenstraße – ein Schwarzmarktring für Antiquitäten – war gefährlich.

„Allein?"

Darcy schnaubte. „Leider nein. Wir arbeiten mit dem FBI zusammen." Das Wort klang aus ihrem Mund wie ein Synonym für eine ansteckende Krankheit, die sie sich zugezogen hatte. „Cal, Logan und die anderen sind in Mexiko und arbeiten bei einer Ausgrabungsstätte. Ronin und Peri sind gemeinsam im Urlaub in der Arktis." Darcy gab ein ablehnendes Geräusch von sich. „Wer fährt denn bitte zum Urlaub in die Arktis? Egal, meine Freundin braucht Hilfe. Und ich hoffe auf jemanden, dem ich vertrauen kann."

Diego atmete aus. „Na gut, ich mache es."

„Jippie! Ich bin dir unendlich dankbar, Diego. Vor allem, weil sie gleich deinen Steg hochlaufen wird."

Er blickte finster drein und hob den Kopf. „Du bist wirklich ziemlich selbstsicher, nicht wahr?"

„Schon, ja." Jetzt klang sie eindeutig amüsiert. „Darf ich dich noch bitten, nett zu ihr zu sein?"

Nett? Warum glaubte Darcy, dass er ein Arsch zu einer Fremden sein würde ...? *Moment mal.* „Darcy", sagte er langsam, während er aufstand.

„Sie benötigt deine Hilfe. Und ihr Grandpa liegt im Sterben."

„Und sie ist eine scheiß besserwisserische DEA-Agentin. Beim letzten Mal, als ich sie gesehen habe, hat sie mein Schiff geentert und mir Handschellen angelegt!"

„Das war alles nur ein Missverständnis! Du wolltest sie nicht an Bord lassen, und sie hatte einen Job zu erledigen."

„Ich schmuggele keine Drogen."

„Sie haben jedes Schiff im Hafen durchsucht, Diego. Das war einfach nur ein großer Irrtum. Sei nett." Darcy legte auf.

Er betrachtete die Docks und sah ein paar Menschen auf dem Steg. Sein Blick glitt über einige Leute, die in seine Richtung kamen, bevor er sich auf eine Frau konzentrierte, die in einem selbstbewussten Gang über den wackelnden Steg schritt. Marineblaue Shorts mit Bündchen zeigten lange Beine, und ein weißes T-Shirt schmiegte sich an ihre vollen Brüste. Das lange, kastanienbraune Haar hing lose herab, und auf einer Schulter ruhte ein kleiner Rucksack.

Dieses Mal trug sie keinen Hosenanzug, keinen engen Zopf und keine taktische Weste mit der Aufschrift DEA.

Nein, heute sah Agentin Sloan McBride fast normal aus. Sie bewegte sich mit effizientem, energischem Schritt und ließ keine daran Zweifel offen, dass sie auf sich selbst aufpassen konnte.

Als sie näher kam, blickte sie auf und sah ihm in die Augen. Sie war immer noch zu weit weg, als dass er ihre Augenfarbe hätte erkennen können.

Doch er erinnerte sich an sie. Sie waren grau-grün und von dunklen Wimpern umrandet.

„Verdammt noch mal, Darcy", murmelte er zu sich selbst.

SLOAN MCBRIDE STAND vor der Rampe zum Schiff.

Diego Torres wirkte nicht sonderlich froh, sie zu sehen.

Aber sie war eine Frau, die in einem von Männern dominierten Beruf arbeitete, und sie hatte noch nie zugelassen, dass ein mürrisches, raues Gesicht sie verunsicherte. Auch nicht, wenn es so nett anzusehen war wie Diegos. Er war nicht auf die klassische Weise attraktiv – seine Nase war schon mal gebrochen worden und sexy Stoppeln bedeckten seine Wangen. Aber Sloan hatte perfekt noch nie anziehend gefunden.

„Hi." Sie steckte ihre Hände in die Taschen. „Hat Darcy dir gesagt, dass ich kommen würde?"

Er schob sein Handy in die Tasche seiner verblassten Jeans-Shorts. „Vor ungefähr neun Minuten."

Herrje. Seine Stimme war einige Grad kälter als das Wasser, das gegen den Rumpf des Schiffs klatschte. *Danke, Darce.*

„Ich brauche deine Hilfe", meinte Sloan.

„Hast du vor, mir Handschellen anzulegen und mich herumzukommandieren, um deinen Willen zu bekommen?"

Bei dem Wort *Handschellen* flatterten Schmetterling in ihrem Magen. Als sie Diego das letzte Mal gesehen hatte, hatte sie es eilig gehabt zu verhindern, dass eine Drogenlieferung Miami verließ. Vielleicht wäre die Geschichte mit Diego Torres glatter gelaufen, wenn sie das alles damals verständlicher erklärt hätte. Aber zu diesem Zeitpunkt hatte ihr Körper ohne Schlaf nur noch dank sehr viel Koffein funktioniert, und ihre Deadline war verdammt eng gewesen.

„Tut mir leid, die habe ich dieses Mal Zuhause gelassen."

Dunkle, wachsame Augen starrten sie an und ein Bild formte sich in ihren Gedanken. Eine schöne Sekunde lang stellte sie sich vor, wie es sein würde, über einen Meter achtzig harte Muskeln mit glatter, brauner Haut unter sich zu haben, gefesselt und ihrer Gnade ausgeliefert.

Herrje. Hitze breitete sich auf ihrer Haut aus und sie räusperte sich. Deswegen war sie nicht hergekommen. Sie hatte einen Job zu erledigen. Einen sehr persönlichen.

Mit ihrer Hand strich sie ihr Haar hinters Ohr. „Ich habe Urlaub."

„Nun, ich wünschte, ich könnte sagen, dass es eine Freude ist, dich wiederzusehen." Sein Stirnrunzeln vertiefte sich.

Doppelt Herrje. „Hör mal, beim letzten Mal, als wir uns gesehen haben, war ich sehr in Eile. Ich ging auf dem Zahnfleisch, konnte nicht schlafen und steckte mitten in einer wirklich großen Operation. Du warst nicht gerade hilfreich, und die Zeit drängte –"

„Du hast mein Schiff geentert, ohne eine gute Erklärung zu liefern, und außerdem –"

„Ich hatte einen Durchsuchungsbeschluss."

„Trotzdem hättest du es mir erklären können."

„Dafür hatte ich keine Zeit", knurrte sie. „Sechzehn-hundert Pfund Kokain sollten den Hafen auf einem

Schiff verlassen, und ich musste das verhindern. Du hättest kein Arschloch sein müssen."

Er legte den Kopf schief und verschränkte die Arme vor seiner breiten Brust. Sie beobachtete, wie sich seine Muskeln anspannten, und erinnerte sich daran, dass er ein Navy SEAL gewesen war. Seit er die Navy verlassen hatte, hatte er nichts von seiner Kraft eingebüßt.

Sloan atmete tief ein. „Es tut mir leid, okay? Ich brauche wirklich deine Hilfe."

Eine Sekunde lang schwieg er, dann lehnte er sich an die Reling. Sie nutzte den Augenblick, um das Deck seines Schiffs zu begutachten. Alles war sauber und aufgeräumt, das Deck war blitzblank und eine große Menge an Ausrüstung war ordentlich verstaut. Die Hälfte konnte sie keinem Zweck zuordnen.

„Du suchst einen Smaragd", stellte er fest.

Sie nickte. „Mein Grandpa hat über drei Jahrzehnte versucht, ihn zu finden."

„Er ist krank."

Schmerz durchströmte sie. „Krebs. Die letzten drei Jahre hat er tapfer gekämpft, aber er wird nicht gewinnen." Ihr Kummer raubte ihr den Atem.

„Das tut mir leid."

Diegos ruhige, ehrliche Worte trafen sie. „Danke. Ich möchte das für ihn tun, damit er den Stein halten kann, bevor er..." Eine Welt ohne ihren Großvater war unvorstellbar.

„Die Schatzjäger haben bereits die vordere Hälfte der *Atocha* geborgen, und viele Menschen haben versucht, den restlichen Teil des Schiffs zu finden. Warum denkst du, dass du ihn finden wirst?"

„Weil ich ein Genie bin."

Seine Lippen zuckten. „Und so gar nicht eingebildet."

Die Frau lächelte. „Ich spiele keine Spielchen, Mr. Torres. Und du weißt bereits, dass ich es hasse, Zeit zu verschwenden."

„Klar. Okay, dann erzähl mal, wie du den Rest des Schiffs finden willst."

„Ich hatte Informatik als Nebenfach an der Uni. So habe ich Darcy kennengelernt."

„Du bist also auch ein Computer-Nerd."

„Ja. Ich habe an einem Programm gearbeitet, das Wetterphänomene, Stürme und Meeresströmungen simuliert. Die *Nuestra Señora de Atocha* und ein weiteres Schiff, die *Santa Margarita,* sanken in einem Hurrikan nahe der Keys im Jahr 1622. Die Spanier versuchten, zu retten, was zu retten war, und fanden über die Hälfte der Ladung der *Margarita.* Aber die *Atocha* war in einem tieferen Bereich gesunken, und einen Monat später wurde der Bereich von einem weiteren Hurrikan getroffen und das Wrack weiter zerstreut."

„Und du denkst, dass ein hübsches Computerpro-gramm sie nach all der Zeit finden wird?"

Sloan lächelte. „Ja. Ich habe alle Simulationen des Wetters eingegeben, Berechnungen, wie das Schiff wahr-scheinlich gesunken ist, und die Effekte des zweiten Hurrikans."

Sein Blick wurde schärfer. „Du weißt wirklich, wo die verlorene Hälfte des Schiffs ist."

„O ja. Und ich würde gern deine Hilfe in Anspruch

nehmen, um sie zu lokalisieren und den Smaragd zu bergen."

Seine dunklen Augen glitten über ihr Gesicht und sie erwiderte seinen Blick. Er war so verdammt attraktiv. Scheiße, sie hatte wirklich eine Schwäche für harte Kerle.

Diego hob seine Hand und rieb sich sein stoppeliges Kinn. „Warum habe ich das Gefühl, dass es noch einen Haken gibt?"

Einer von der aufmerksamen Sorte. Das überraschte sie nicht, denn sie kannte seine dienstlichen Beurteilungen und wusste, dass er ein verdammt guter SEAL gewesen war. Und jetzt führte er ein erfolgreiches Unternehmen. Hinter seinen Muskeln steckte auch ein cleveres Hirn.

„Meine Wohnung hier in Miami wurde durchsucht. Sie haben es zwar nicht geschafft, an mein Computerprogramm zu kommen, aber sie haben all meine Aufzeichnungen über die *Atocha* gestohlen. Meine ganzen Daten und alles über den Smaragd."

Er fluchte. „Denkst du, das war die Seidenstraße?"

„Darcy und ihre Brüder halten es für wahrscheinlich. Der Smaragdschmetterling könnte sie natürlich anziehen. Ich bin mir ziemlich sicher, dass sie mir auf den Fersen sind."

Erneut fluchte er und sein Blick glitt über ihre Schulter. „Du meintest, du hättest deine Handschellen zu Hause gelassen. Gilt das auch für deine Pistole?"

Sie zog die Augenbrauen hoch. „Nein." Ihre private Glock steckte in einem Schulterholster.

„Gut." Er zog eine große Desert Eagle aus dem hinteren Bund seiner Shorts.

Ihre Augen wurden riesig. „Du willst mich erschießen, weil ich vorgeschlagen habe, dass wir zusammenarbeiten? Das erscheint mir ein wenig übertrieben, Torres."

Schnell warf er ihr einen Blick zu. „Zwei große Typen kommen auf uns zu. Beide bewaffnet."

Kälte durchströmte Sloan, und sie ließ ihren Rucksack auf das Deck fallen und zog schnell ihre Glock aus dem Holster. Dann trat sie neben Diego und drehte sich um. „Warum hast du das nicht gesagt?"

„Habe ich doch gerade." Er klang absolut nicht froh.

Bei seinen Worten rollte sie die Augen. „Können wir uns das Geplänkel für später aufheben und uns einfach um diese Typen kümmern?"

KAPITEL ZWEI

Diego duckte sich hinter die Reling. „Sie haben sich aufgeteilt." Die Männer nutzten die anderen Boote als Deckung, daher konnte er nicht sehen, wohin sie gelaufen waren.

„Wie lautet der Plan?" Sloans Tonfall war ruhig und gefasst.

Er betrachtete das Deck. „Stellen wir uns diesen Wichsern von Angesicht zu Angesicht."

Die Frau verdrehte die Augen. „Ein großer, böser SEAL kann nicht subtil vorgehen, oder? Ihr müsst einfach immer mit gezogenen Waffen hereinstürmen."

Bei ihren Worten kniff er die Augen zusammen. „Hast du einen besseren Vorschlag? Vielleicht kannst du ihnen ja einfach deine Marke zeigen und sie nett bitten, ihre Waffen niederzulegen?"

„Du bist verdammt nervig."

„Das Gleiche gilt für dich, McBride."

„Ich heiße Sloan." Sie warf einen Blick auf sein Schiff. „Und ich habe tatsächlich eine Idee. Wir postieren uns am anderen Ende deines Schiffs ein und lassen sie an Bord kommen. Wir locken sie an Deck und dann setzen wir sie außer Gefecht."

Diego dachte darüber nach. „Okay. Aber wenn sie mir Löcher ins Boot schießen, erwarte ich, dass du das bezahlst." Schnell packte er ihren Arm und zog sie über das Deck, wobei er an den Regalen voller Ausrüstung vorbeieilte.

„Ich werde für alle Schäden aufkommen", erwiderte sie.

„O ja, das wirst du. Aber nicht mit Geld."

Ihre Augenbrauen huschten nach oben. „Was zur Hölle soll das denn heißen?"

Er lächelte, aber dann sah er eine Bewegung an der Rampe und wedelte mit der Hand. Schnell duckten sie sich hinter die Regale, und Sloans Körper streifte seinen. Sie zuckte nicht zusammen, sondern glitt einfach in Position, zielte und starrte nach vorn.

„Da kommen sie." Diego konzentrierte sich und konnte spüren, wie die Ruhe vor dem Sturm ihn erfüllte. Die beiden großen Männer kamen die Rampe herauf und hielte ihre Waffen in den Händen.

Sie trennten sich und pirschten vorsichtig übers Deck.

„Bereit?", murmelte Diego.

„Darauf kannst du Gift nehmen." Dann sagte sie laut: „Jungs? Verfolgt ihr mich etwa?"

Die Männer erstarrten und duckten sich.

„Wir wollen wissen, wo das Wrack ist!", rief einer von ihnen.

„Lasst mich raten", erwiderte Sloan. „Die Seidenstraße hat euch geschickt."

„Gib uns einfach die Koordinaten, dann werden wir dir kein Haar krümmen."

Sloan schnaubte. „Ist das zu fassen?" Sie sah angepisst und beleidigt aus.

„Nein", meinte Diego.

Sie rief ihnen zu: „Wisst ihr Typen eigentlich, womit ich meinen Lebensunterhalt verdiene?"

Diego beobachtete, wie die Mistkerle durch einen Spalt an den Regalen vorbeischlichen, und sah, wie sich die Männer einen verwirrten Blick zuwarfen. *Idioten.* Man begab sich nie in solch eine Lage, ohne zuvor alle Informationen gesammelt zu haben.

Die Frau schüttelte den Kopf. „Ihr habt nicht gut recherchiert. Ziemlich nachlässig von euch."

Jetzt wirkten die beiden Kerle sauer, und das Gesicht des größeren Mannes wurde fleckig-rot.

„Du bist allein", grinste der größere Typ, „und wir sind zu zweit."

„Okay, das reicht." Sloan löste die Sicherung und feuerte.

Die Waffe des ersten Ganoven flog ihm aus der Hand. Er schrie auf und stolperte nach hinten.

Ganove Nummer zwei duckte sich weg und feuerte, wobei Kugeln von Metall abprallten.

Sie schossen auf sein Schiff. *Arschlöcher.* Diego erhob sich und feuerte im selben Moment wie Sloan.

„Ich halte sie in Schach und du kreist sie ein." Die Frau sah ihn nicht einmal an, während sie ihm Befehle gab.

Er nickte, bewegte sich leise und duckte sich hinter die Ausrüstung. Diego kannte jeden Zentimeter seines Schiffs wie seine Westentasche und die Navy hatte ihm beigebracht, wie man sich anschlich. Schnell näherte er sich den beiden Männern.

Beide feuerten in Sloans Richtung. Er hoffte bei Gott, dass sie in Deckung blieb. Während er sich weiterhin duckte, hielt er inne und sah zu dem offenen Bereich des Decks, den er überqueren musste, um die Männer der Seidenstraße zu erreichen.

Plötzlich richteten sich die Männer auf und wandten sich von der Stelle ab, an der er stand. Diego drehte den Kopf und sah, dass Sloan ihre Deckung verlassen hatte und absichtlich ihre Aufmerksamkeit auf sich zog. *Dummes Ding.*

In diesem Moment nahm er die Bewegung hinter Sloan wahr. Ein *dritter* Mann kroch auf sie zu.

Verdammt.

Diego machte auf dem Absatz kehrt, rannte los und stürmte schnell übers Deck zurück zu Sloan. Er konnte hören, wie die Männer fluchten, und weitere Schüsse hallten durch die Luft. Sloan starrte ihn wütend an, doch er hob seine Waffe und feuerte auf die Gestalt hinter ihrem Rücken.

Der Mann schrie auf und Diego prallte gegen Sloan. Mitten in der Luft drehte er sich, damit er zuerst fiel. Gemeinsam schlugen sie auf dem Deck auf und schlitterten hinter ein paar Kisten.

„Scheiße, Torres. Du versaust den Plan."

„Da war noch ein dritter Angreifer."

„Ich habe ihn gesehen", erwiderte sie mit scharfer

Stimme. „Du hättest mich nicht so überdramatisch retten müssen. Sehe ich für dich wie eine ahnungslose Zivilistin aus?"

Diego rollte sich auf die Knie und Sloan tat es ihm gleich. Beide feuerten los. „*Dios,* du quetschst mir mitten in einem Feuergefecht die Eier! Und das nur, weil ich dich vor einer Kugel bewahrt habe."

Die Frau schnaubte. „Als ob die mich getroffen hätten." Sie hielt inne, um erneut zu feuern. „Außerdem habe ich keinerlei Interesse an deinen Eiern, Torres."

Er schoss ebenfalls weiter. „Wirklich?"

„Wirklich. Gib mir Deckung."

Sie sprang über die Kisten. Kopfschüttelnd fluchte er, richtete sich auf und gab weitere Schüsse ab.

Die DEA-Agentin schritt über das Deck wie eine knallharte Kriegerkönigin. Sie traf einen der Ganoven in den Arm, woraufhin der Kerl schreiend zurückwich. Als Nächstes trat sie dem zweiten Mann fest in den Bauch, und er prallte gegen die Reling.

Wo war der Dritte? Diego sah etwas Schwarzes vorbeihuschen, stützte seine Hand auf die Kiste vor sich und sprang darüber. Mit grimmigem Gesicht stürzte er sich auf den Mann.

Die blauen Augen des Typen wurden groß und er fummelte an seiner Waffe, aber Diego hob ruhig seine eigene und schoss. Der Mann zuckte zusammen, und Diego spürte einen scharfen Schmerz an seinem Arm, als eine Kugel ihn streifte.

Diego kullerte mit dem Mann übers Deck. Nach zwei harten Schlägen verloren die Augen des Ganoven jeden Fokus und er glitt bewusstlos zu Boden.

„Torres! Pass auf."

Als Sloan schrie, drehte er sich um. Der erste Mann, der jetzt voller Blut war, stand mit einem Messer in der Hand da und zeigte seine Zähne.

„Echt jetzt?" Diego schüttelte den Kopf und ging ruhig auf den Mann zu, der daraufhin auf ihn zustürmte. Schnell wich er aus. Sein letzter Messerkampf war schon lange her. Er grinste.

Der Mann starrte ihn an und runzelte die Stirn. Diego ging in die Knie, um sich auf die nächste Aktion des Typen vorzubereiten.

Plötzlich krachte ein strammer Körper gegen ihn und stieß ihn aus dem Weg. Er beobachtete, wie Sloan gegen den Arm des Mannes trat, woraufhin ihm das Messer aus der Hand flog. Sie sprang hoch und verpasste dem Typen einen bösen Roundhouse-Kick gegen den Kopf.

Wie ein Sack Ziegelsteine fiel der Mann um, hielt sich den Kopf und wand sich stöhnend auf dem Boden.

Sloan trat das Messer beiseite und zog dann etwas aus ihrer Tasche. Er erkannte, dass es sich um Kabelbinder handelte. Die Agentin bückte sich und fesselte damit die Hände des Mannes.

„Was zur Hölle?", knurrte Diego. „Ich hatte alles unter Kontrolle."

Grau-grüne Augen blitzten ihn an. „Ich wollte nur nicht, dass du dir eine hässliche Schnittwunde zuziehst." Bei diesen Worten grinste sie ihn selbstgefällig an. „Schließlich arbeite *ich* für die Strafverfolgungsbehörden und du bist ein unschuldiger Zivilist."

Er grunzte. *Dios,* sie war eine echte Spaßverderberin.

Und unglaublich gut im Nahkampf. Tatsächlich könnte er ihr dabei den ganzen Tag zusehen.

Sie drehte sich um und suchte offensichtlich die anderen beiden Männer. Diego sah, wie die beiden Ganoven die Rampe hinuntereilten, während sie einander stützten.

Er wollte ihnen gerade folgen, als Sloan den Kopf schüttelte. „Lass sie gehen. Ich rufe jemanden an, der den Trottel hier abholt." Mit ihrem Fuß stieß sie gegen den Mann am Boden.

Dann fiel ihr Blick auf Diegos Arm. „Ist das dein Blut?"

Langsam sah er zum Ärmel seines zerrissenen T-Shirts. „Ach, das ist gar nichts."

„Geh rein und hol deinen Erste-Hilfe-Kasten. Ich sehe es mir mal an."

Dios, noch mehr Befehle. „Es ist nichts –"

„Sofort, Torres." Sie schritt die Stufen hinauf, die zum Essbereich und zur Kombüse führten. „Für diese Schatzsuche brauche ich dich in einem Stück."

Während sie vor ihm herging, starrte er auf ihren Arsch und ihre langen Beine. Verdammt, dieses eine Mal machte es ihm absolut nichts aus, ihre Befehle zu befolgen.

SLOAN KONNTE DAS ADRENALIN SPÜREN, das nach dem Kampf durch ihren Körper strömte.

Einige ihrer Freunde von der DEA waren vorbeigekommen und hatten den mürrischen Ganoven der

Seidenstraße abgeholt. Das Scharmützel hatte nur dafür gesorgt, dass sie den Smaragdschmetterling noch dringender finden wollte.

Nachdem sie ihren Rucksack eingesammelt hatte, war sie zur Kombüse gegangen, wo Diego an einem Tisch saß, ein Handtuch um seinen Arm gewickelt. Ihre Augen fielen auf sein blutiges T-Shirt und ihr Magen zog sich zusammen. Zumindest schien es, als habe die Blutung aufgehört. Auf dem Tisch lag ein Erste-Hilfe-Kasten im Großformat.

Plötzlich fiel ihr Blick auf das wundervolle Gemälde an der Wand und sie atmete tief ein.

Er sah über seine Schulter. „Es trägt den Titel: *Die Höhle der Sturmnymphen*. Von einem britischen Maler namens Poynter."

„Es ist umwerfend." Das Bild war dramatisch, dank der drei wunderschönen, nackten Nymphen, die sich um ihren Schatz in einer Höhle räkelten, während draußen in den Wellen ein Schiff seinem Untergang entgegensah.

„Ist mir ins Auge gefallen." Sein dunkler Blick bohrte sich in ihre Augen. „Offensichtlich habe ich eine Schwäche für blutdürstige Frauen."

Sie ging zu ihm, öffnete den Erste-Hilfe-Kasten, wühlte darin herum und erkannte, dass er gut sortiert war.

„Zieh das T-Shirt aus", befahl sie.

Zum ersten Mal gehorchte er, ohne zu protestieren. Sein Gesichtsausdruck war gelassen, und falls er Schmerzen hatte, ließ er sich nichts anmerken.

Mit einer Hand packte er sein Shirt am Rücken und zog es über seinen Kopf. Sloan erstarrte. *Herr im*

Himmel. Der Mann bestand aus reinen, starken Muskeln. Seine Brust war hart wie eine Marmorplatte, und ein eisernes Sixpack zierte seinen Bauch. Sie sah eine Linie aus dunklem Haar, das in seine Shorts hinunterführte. Seine Haut war glatt und braun, ohne Bräunungsstreifen. Sie vermutete, dass er das den Genen zu verdanken hatte.

Ihr Blick fiel auf die aufwändige schwarze Tätowierung, die seine linke Schulter, den Bizeps und den Brustmuskel bedeckte. Sie hatte noch nie etwas für Tattoos übrig gehabt, aber Diego standen seine gut. Sogar hervorragend. Sie betrachtete das Kunstwerk genauer. Für sie sahen die Muster aztekisch aus, aber sie war keine Expertin.

Ihr Blick wanderte über ihn, saugte seinen Anblick in sich auf und fiel dann auf seinen rechten Arm. Hier war keine glatte Haut zu sehen. Im Gegenteil, sein Unterarm war mit schrecklichen Narben übersät. Offenbar handelte es sich um Stichwunden. Gott, was auch immer man ihm angetan hatte, musste eine Qual gewesen sein.

Ihr Blick wanderte wieder nach oben, und sie sah die blutige Furche in seinem Bizeps. Die Kugel hatte ihn Gott sei Dank nur gestreift. Sie starrte auf das leuchtend rote Blut, das seine Haut bedeckte, und ihr Magen machte einen langsamen, unangenehmen Salto.

Herrje. Sie hasste ihre kleine Schwäche, die sie skrupellos vor ihren Kollegen verbarg. Solange sie Blut nicht direkt ansah, war normalerweise alles in Ordnung. Doch sie würde auf keinen Fall vor Diego Torres ohnmächtig werden.

Sloan holte ein paar antiseptische Tücher aus dem

Kasten, riss die Packungen auf und begann, seine Verletzung zu reinigen.

„Was ist los?", fragte Diego.

Schnell sah sie ihn an. „Nichts."

„Du bist ziemlich blass." Sein Blick glitt seinen Arm hinunter. „So schlimm ist es nicht. Du hast bestimmt schon Schlimmeres gesehen."

Sie nickte. Das Tuch, das sie gerade benutzte, war rot verfärbt, und sie konnte die Übelkeit in ihrer Kehle schmecken. Schnell warf sie es auf den Boden und nahm sich ein frisches. Hartnäckig wischte sie seine Wunde sauber. „Zumindest muss es nicht genäht werden."

Plötzlich legte sich eine große, vernarbte Hand auf ihre. „Lass gut sein." Er legte seinen Kopf schief und ein schadenfrohes Grinsen erhellte sein Gesicht. „Du kannst kein Blut sehen."

„Als ob irgendjemand gern Blut sieht." Verdammt, sie sprach viel zu schnell und ihre Stimme war ein wenig zu schrill.

„Du siehst aus, als würdest du gleich ohnmächtig werden."

Sloan biss die Zähne zusammen. „Nein."

Der Mann schüttelte den Kopf. „Die taffe, steinharte Agentin McBride hat also doch einen wunden Punkt." Diego streckte seine Hand zu dem Erste-Hilfe-Kasten aus, zog einen großen Klebeverband heraus und drückte ihn auf seine Wunde.

Sofort beruhigte sich ihr Magen. „Stimmt nicht."

Er schnaubte und sie entschied, dass es Zeit für einen Themenwechsel war. Erneut betrachtete sie sein Tattoo, wobei Diego die Richtung ihres Blicks mitbekam. „Das habe ich mir nach meinem ersten Jahr als SEAL stechen lassen. Da hatte ich gerade Urlaub in Mexiko. Das aztekische Design schien mir passend."

„Deine Familie ist mexikanisch-amerikanischem Ursprungs?"

Der Mann nickte. „Meiner Mom gefällt das Tattoo zwar nicht, aber mittlerweile ignoriert sie es."

„Es ist wunderschön." Bevor sie merkte, was sie tat, hatte sie bereits ihre Hand ausgestreckt und die Zeichnung auf seiner Schulter berührt. Mit einem hatte sie recht: Seine Haut war weich.

Ein elektrisierendes Knistern pulsierte zwischen ihnen und sie atmete ein. Ihre Blicke trafen sich.

Sloan wurde schlagartig heiß. Verträumt betrachtete er sie. Erneut strichen ihre Finger über sein Tattoo.

„Danke, dass du meine Wunde versorgt hast", erklärte Diego mit heiserer Stimme.

„Das warst du. Ich habe sie nur gereinigt." Das Blut erwähnte sie nicht.

„Ja, aber es ist nett, wenn sich ausnahmsweise jemand anderes um einen kümmert als man selbst. Zumindest dieses eine Mal. Bei einer Mission in Afghanistan musste ich mich mal selbst zusammenflicken." Er zog eine Grimasse. „Das war nicht lustig."

Vor ihrem inneren Auge stellte sie sich vor, wie er in einem Wüstencamp hockte und die Zähne zusammenbiss, während er eine Nadel durch seine Haut stach. Ohne nachzudenken, lehnte sie sich vor und drückte einen Kuss auf den Verband.

Diego knurrte. „Scheiße, Sloan."

Die Agentin lehnte sich zurück und atmete tief ein. „Wir mögen uns nicht."

„Ich dich schon. Ich war nur angepisst, als du mein Schiff mit einem Haufen DEA-Agenten geentert hast."

„Und als ich dich gefesselt habe", erinnerte sie ihn.

Er zuckte mit den Achseln. „Das hat mir gar nicht so viel ausgemacht."

Hitze entflammte wischen ihren Schenkeln, während seine Hand sich um ihren Arm legte und sie nach vorn zog, bis ihre Gesichter nur noch einen Zentimeter voneinander entfernt waren.

„Küss mich", murmelte er.

„Sag mir nicht, was ich tun soll."

Ein weiteres Knurren entwich ihm, doch sie legte eine Hand in seinen Nacken und lehnte sich vor. Ihre Lippen trafen sich.

Oh! Seine Lippen waren straff, aber füllig. Als sie ihren Mund öffnete, glitt seine Zunge sofort hinein.

Beide schienen das als Signal zu deuten, denn sie verschlangen einander regelrecht. Sloan rutschte vor und saß jetzt praktisch auf seinem Schoß. Er stöhnte, und ihr eigenes Stöhnen vibrierte in ihr. Der Mann konnte hart, rau und unglaublich gut küssen. Er schmeckte noch besser, als sie sich erträumt hatte.

Nach einem ausgiebigen Kuss wichen sie beide zurück und Sloans Hirn verweigerte jeden klaren Gedanken. „Nun ..."

Diego lächelte, und ihr Blick fiel auf seine Lippen. Lippen, die sie jetzt geschmeckt hatte und deren Gefühl sie nun kannte.

„Ich wollte eigentlich Wow sagen", meinte er.

Mit Wow konnte sie leben.

„Ich werde dir helfen, das Wrack und den Smaragd-schmetterling zu finden", erklärte er.

Sloan schloss die Augen und öffnete sie wieder. „Danke." Sie räusperte sich. „Aber wir können uns nicht noch mal küssen."

„Das werden wir ja sehen."

Ihre Augenbrauen huschten nach oben. „Torres, ich meine das ernst."

Der Mann lächelte ein träges, sexy Grinsen. „Wie willst du dich davon abhalten, mich zu küssen?"

Er war so verdammt arrogant. Es war Zeit, sich auf ihre Schatzsuche zu konzentrieren. „Willst du sehen, was ich für dich habe?"

Als sein Lächeln breiter wurde, erkannte sie, wie ihre Worte geklungen hatten. „Damit meine ich meine Nach-forschungen. Ich wollte fragen, ob du meine Nachfor-schungen zur *Atocha* sehen willst."

„Na klar." Er stand auf und zog sein T-Shirt wieder an.

Der verruchte Teil von Sloan stöhnte enttäuscht auf. *Beruhige dich, Flittchen.* Er deutete auf die Brücke, und sie folgte ihm die Treppe hinauf.

Als sie die oberste Ebene der *Sturmnymphe* betra-ten, sah sich Sloan interessiert um. Die ganzen High-tech-Konsolen und Bildschirme leuchteten. Sie wusste, dass er auf dem Deck perfekt aussehen würde, wenn die Meeresbrise sein dunkles Haar zerzauste, aber auch das hier passte zu ihm. Während er auf eine Konsole zuging, stellte sie sich vor, wie er als Kapitän eines Piratenschiffs über das

Deck schritt, Befehle brüllte und Jungfrauen verführte.

Gott, sie musste sich endlich zusammenreißen. Sloan holte ein Tablet aus ihrem Rucksack und legte es auf einen Tisch, der mit Landkarten bedeckt war.

„Ich zeige dir mein Wetterprogramm." Schnell startete sie es. Elektronische Landkarten erschienen auf dem Bildschirm.

Diego verschränkte seine muskelbepackten Arme und studierte ihre Aufzeichnungen.

„Die Achternburg der *Atocha* liegt etwa vierzig Meilen vor Key West."

„Das ist ziemlich weit weg von dem Ort, an dem der Rest des Schiffs gefunden wurde."

Sie nickte. „Deswegen hat sie noch niemand entdeckt. Der Hurrikan hat dafür gesorgt, dass sie lange umhertrieb, bevor sie sank, und der zweite Hurrikan hat sie noch weiter weggeschwemmt."

„Das ist dein Abenteuer, Sloan. Sobald wir dort ankommen, werden wir es wissen."

Sie lächelte. „Stimmt. Ich bin der Boss."

Er zog eine Augenbraue hoch und warf ihr einen hitzigen Blick zu. „*Chiquita,* das hier ist mein Schiff. Hier gibt es nur einen Kapitän."

Sein Blick ließ ihr Innerstes köstlich vibrieren. „Wann können wir los?"

„Ich muss noch ein paar Dinge besorgen, daher erst morgen früh. Hol deine Ausrüstung aus deinem Auto, dann zeige ich dir deine Kabine."

Aufregung durchzuckte sie. Sie dachte an ihren

Großvater, der still und krank in einem Krankenhausbett lag. „Wir ziehen es wirklich durch."

„Ja", erwiderte Diego. „Wir werden einen unschätzbar wertvollen Smaragd finden."

Sloan streckte ihre Hand zu einem formellen Händedruck aus. Seine große Hand umschloss ihre, und erneut spürte sie einen Funken, der ihren Arm hinaufkribbelte. Ein Lächeln hob seine Mundwinkel an.

Sie hoffte bei Gott, dass sie dieser ganzen Sache gewachsen war.

KAPITEL DREI

Die Schiffsmotoren vibrierten unter seinen Füßen, und draußen schien die Sonne an einem klaren, blauen Himmel.

Diego manövrierte die *Sturmnymphe* aus dem Hafen. Das war es, was er liebte. Zu wissen, dass er der Kapitän seines eigenen Schiffs war, und den Tag draußen in der Sonne an der frischen Luft verbringen durfte. Dort würde niemand auf ihn schießen.

Hoffentlich.

Durch das Fenster konnte er Sloan auf dem Deck unter sich sehen. Er atmete tief ein. Sie trug eine kurze, *sehr kurze,* ausgewaschene Jeansshorts, die ihre muskulösen, langen Beine betonte. Ihr Bikinitop war glänzend blau und schmiegte sich liebevoll an ihre vollen Brüste, und sie hatte ihr dichtes, braunes Haar zu einem verwuschelten Pferdeschwanz hochgesteckt.

Scheiße. Einige Male hatte er davon geträumt, wie ihr seidiges Haar über seinen Kissen ausgebreitet aussehen würde. Und wie sich ihre langen Beine um seine Hüften schlangen, während er erneut diesen süßen, sexy Mund eroberte.

Tatsächlich stellte er sich das schon seit Monaten vor. Seitdem sie das erste Mal sein Schiff geentert und ihm Handschellen angelegt hatte.

Er schüttelte den Kopf. Schließlich musste er sich auf seine Aufgabe konzentrieren, und die Seidenstraße hing ihm am Arsch. Das sollte das Einzige sein, auf das er sich im Moment fokussierte, anstatt darüber nachzudenken, Sloan McBride besinnungslos zu küssen.

Die Frau trat außer Sicht, und einen Moment später hörte er ihre Schritte, als sie zur Brücke hochstieg.

„Hey!", rief sie. „Wie lange brauchen wir noch?"

„Ein paar Stunden. Hast du gut geschlafen?"

„Nein." Sie lehnte sich gegen die Konsole. „Du?"

„Nicht lang."

„Es macht einfach keinen Spaß, wenn Kugeln durch die Luft fliegen", erwiderte sie.

Daran hatte er keinen einzigen Gedanken verschwendet, weil sie seine Träume beherrscht hatte. Als er aufblickte, sah er die dunklen Ringe unter ihren Augen. „Geht es dir gut?"

Die Agentin zuckte mit den Achseln. „Ich habe gerade mit meinem Grandpa gesprochen."

„Ist er stabil?"

„Er ist müde, aber er hält durch." Sie streckte sich. „Ich bin wirklich dankbar, dass Darcy, Dec und Cals Eltern regelmäßig ins Krankenhaus fahren, um ihn zu besuchen."

„Es muss schwer sein, nicht bei ihm sein zu können."

Sloan nickte. „Aber ich weiß, dass es ihn aufmuntern

wird, den Smaragdschmetterling in den Händen zu halten."

Während Diego die *Nymphe* aufs offene Meer steuerte, wurde das Schiff schneller. Die junge Frau setzte sich an den Tisch in der Nähe, arbeitete an ihren Forschungsergebnissen und tippte auf ihrem Tablet. Die Stille fühlte sich kameradschaftlich an. Die meisten Frauen, die er kannte, mussten unbedingt jede ruhige Minute mit Worten füllen. Seine Mutter und seine Schwestern waren Meisterinnen darin.

Die Minuten vergingen. Ein paar Mal stellte Sloan Fragen und schrieb etwas in ihre Notizen. Dann sah er zu seinem Bildschirm und erkannte, dass sie die Position erreicht hatten. Er betrachtete das blaue Wasser um sie herum. Das Meer war ruhig, und es waren keine anderen Schiffe zu sehen.

„Wir sind da." Er stellte die Motoren ab. „Ich werfe den Anker, danach machen wir uns an die Arbeit."

Sobald die *Nymphe* gesichert war, wandte sich Diego Sloan zu. Sein Schwanz zuckte. *Dios,* dieser Ausdruck auf ihrem Gesicht. So aufgeregt und energiegeladen.

„Wie lautet der Plan?", fragte sie.

„Wir packen den ROV aus." Er schritt über die Brücke, ergriff das Geländer und eilte die Treppe hinunter.

„ROV. Ein ferngesteuertes Unterwasserfahrzeug, auch als Tauchroboter bekannt."

Bei ihren Worten nickte er. „Ich habe einige davon." Dabei deutete er auf das Regal, in dem die ROVs verstaut waren. „Der größere hat Aufsätze für die Bergung von Objekten aus tiefem Wasser. Aber heute brauchen wir nur diesen hier." Er entriegelte einen kleineren, kasten-förmigen ROV, der leuchtend gelb lackiert war. „Das ist Poseidon. Er überträgt Videoaufnahmen von unter Wasser an uns. Tritt zurück."

Danach ging er zu den Krankontrollen und manö-vrierte den gelben Kranarm, bis der ROV an der Seite des Schiffs über dem Meer baumelte. Langsam senkte er ihn ins Wasser.

„Jetzt gehen wir zum Computerkontrollraum."

Sie folgte ihm. „Klingt teuer."

„Freu dich nicht zu früh. Ich habe einfach nur einen Schrank umgebaut."

Sie gingen durch das Trockenlabor, und er öffnete die Tür zum Computerraum.

Sloan lachte. „Okay, das war kein Witz."

Der winzige Raum wurde von einem großen Stuhl mit in den Armlehnen eingebauten Joysticks dominiert. Große Bildschirme bedeckten die Wand.

Diego ließ sich auf den Stuhl sinken und schaltete das System ein. Die Bildschirme flackerten auf. Sloan setzte sich dicht hinter ihm auf einen Hocker.

Er betätigte die Steuerknüppel, und der ROV sauste von der *Nymphe* weg und schoss durchs Wasser.

Sloan lehnte sich über seine Schulter, den Blick auf den Bildschirm geheftet. Ihr Gesicht zeigte großes Inter-esse. Sie sahen zu, wie ein Trio prächtiger blauer Fische an der Kamera vorbeischwamm.

„Wir sind auf halbem Weg nach unten", erklärte er. „Die Sicht ist super."

Die Frau lehnte sich gegen ihn und verströmte einen berauschenden Duft. Er konnte ihr fruchtiges Shampoo riechen, und dazu noch diesen einzigartigen Duft von ihr. Ganz Sloan. Diego ignorierte seinen anschwellenden Schwanz und konzentrierte sich auf den Bildschirm. Der sandige Boden kam in Sicht.

„Junge, ich will auch so einen ROV", meinte sie.

„Falls wir genug Zeit haben, zeige ich dir, wie man ihn steuert."

„Echt?"

Als er den Kopf drehte, tat sie es auch. Ihre Gesichter waren nur einen Zentimeter voneinander entfernt, und sein Blick fiel auf ihre Lippen. „Echt."

„Das würde mir gefallen", erklärte sie heiser.

Der Bildschirm piepte, und er riss seinen Blick von ihr los und zwang er sich, sich darauf zu konzentrieren, das teure Stück seiner Ausrüstung zu steuern.

„Ich werde Poseidon befehlen, einem Suchraster zu folgen. Falls wir etwas sehen, das von Interesse sein könnte, notieren wir uns die Koordinaten und sehen uns das Ganze an, wenn wir tauchen."

„Großartig."

Ihr warmer Atem traf seinen Nacken, und sein Schwanz drückte gegen seinen Reißverschluss. *Dios,* was hatte er getan, um diese Qual zu verdienen?

Der ROV glitt im Wasser vor und zurück. Sie hatten einen guten Blick auf den sandigen Boden, der mit Korallen und Steinen bedeckt war.

„Woher kommst du, Torres?", fragte sie.

„Von hier. Miami."

Ihre Brauen hoben sich. „Lebt deine Familie hier?"

„Ein ganzer Haufen von ihnen. Meine Mom, zwei

Schwestern und ein Bruder. Mein Dad starb vor ein paar Jahren an einem Herzinfarkt."

„Das tut mir leid."

Er nickte. Der Tod seines Vaters hatte sie alle erschüttert. Diego war zu dem Zeitpunkt auf einer geheimen Mission gewesen. Als er nach Hause gekommen war und es erfahren hatte, hatte sein Vater bereits unter der Erde gelegen.

„Es ist schwer, jemanden zu verlieren, den man liebt."

Ihre Stimme war leise, und er erinnerte sich daran, dass sie ihre Eltern verloren hatte „Ja." Er räusperte sich. „Frag bloß nicht nach all meinen Onkeln, Tanten, Cousinen und Großcousinen."

Sie starrte ihn an.

„Was?"

„Von dir geht einfach diese ganze *einsamer-Seebär*-Ausstrahlung aus. Ich hatte den Eindruck, dein Schiff sei deine einzige Familie, und du wärst einfach aus einer Muschel gesprungen oder so etwas."

Diego lachte schallend, doch Schuldgefühle packten ihn. „Ich besuche meine Familie oft."

Scharfe Augen beobachteten ihn, bis Diego sich entblößt fühlte.

„Du weißt schon, dass ich auf der Arbeit oft Verdächtige verhöre? Ich kann eine Lüge aus einer Meile Entfernung riechen."

Er ließ die Schultern hängen.

„Du hast eine Mauer um dich herum hochgezogen", meinte sie leise. „Und hältst deine Familie auf Abstand."

Bei ihren Worten sank er noch weiter in sich zusammen. „Jetzt klingst du wie die Seelenklempner von der Navy. Ich besuche meine Familie, aber sie sind alle laut, geschwätzig und neugierig. Da kann man mir doch keinen Vorwurf machen, wenn ich sie manchmal meide." Ihm war klar, dass er schnell das Thema wechseln musste. „Was ist mit deiner Familie?"

Kummer breitete sich auf ihrem Gesicht aus. „Alle tot oder am Sterben."

Gott, er war wirklich ein Idiot. „Sloan –"

Sie schüttelte den Kopf. „Schon in Ordnung, Diego. Meine Eltern wurden bei einem Raubüberfall auf eine Tankstelle getötet, als ich dreizehn war. Von einem achtzehn Jahre alten Junkie, der auf Droge war. Er hat zwanzig Dollar aus dem Geldbeutel meiner Mom gestohlen. Mehr hatte sie nicht dabei. Zwanzig Dollar. Sie haben ihr Leben wegen eines Zwanzigers verloren."

„*Chiquita* ..." In seinem Kopf machte etwas Klick. „Deswegen bist du zur DEA gegangen."

Sie nickte. „Ich wollte verhindern, dass andere Kinder so ihre Eltern verlieren." Die Agentin lächelte, aber es war ein trauriges Lächeln. „Zum Glück hatte ich meinen Grandpa."

Den sie jetzt auch verlieren würde.

„Wenn ich eine laute, geschwätzige und neugierige Familie hätte, würde ich sie niemals ausschließen."

Sie starrten einander an und er atmete tief ein. „Ich bin nicht als der Mann zurückgekommen, der ich bei meinem Eintritt in die Navy war." Dabei sah er zu den Narben auf seinem Arm. „Tatsächlich habe ich ihnen Angst eingejagt."

Schlanke Finger berührten seine Schulter. „Ich dachte, SEALs geben niemals auf?"

Plötzlich wollte er sie wieder küssen, und all den Schmerz und die Dunkelheit, die in seinem Inneren verrotteten, vergessen. Er wollte sich in Sloan McBride verlieren.

Doch sie drehte den Kopf und sah zum Bildschirm. Ihre Augen wurden groß. „Hey! Was ist das?"

Diego sah hin. Der ROV fuhr über einen großen, felsigen Vorsprung. Fische wirbelten herum wie kleine Tänzer. „Ein Felsen mit ein paar Korallen. Das ist natürlichen Ursprungs."

Sie seufzte. „Suchen wir weiter."

Der ROV setzte seine Suche fort. Das war die nicht ganz so glamouröse Seite der Unterwasserarchäologie. Der langweilige Teil, der Geduld erforderte.

Sloan verließ ein paar Mal den Raum, um den Horizont abzusuchen. „Kein Hinweis auf die Seidenstraße."

Aber Diegos innere Sensoren kribbelten. Sensoren, die in seiner Zeit als SEAL geschult worden waren. Die Seidenstraße gab nie einfach so auf. Declan und Treasure Hunter Security hatten zwei der hohen Tiere ausgeschaltet. Es war nur noch einer übrig – der sogenannte *Sammler*.

Er wollte seine Macht ausbauen, und etwas wie der Smaragdschmetterling wäre genau die Art von Artefakt, die ihm dabei helfen würde.

Diego wandte sich wieder dem Bildschirm zu, bewegte sanft die Steuerung, und Poseidon erreichte das Ende des Suchrasters.

Es gab kein Anzeichen für die *Atocha*. Er drehte sich zu Sloan um.

„Irgendetwas?", fragte sie.

Langsam schüttelte er den Kopf. „Nein, nichts."

SLOAN SASS VORGEBEUGT am Tisch über ihrem Tablet und ließ ihre Simulationen erneut laufen. Neben ihr stand ein Teller mit einem halb aufgegessenen Sandwich. Sie hatte gedacht, ihre Koordinaten wären richtig ...

„Sloan." Diego erschien neben ihr. „Diese Art von Schatzsuche erfordert Zeit und Geduld. Hör auf, dir Vorwürfe zu machen."

„Wir haben aber keine Zeit", erwiderte sie und streckte ihren Arm aus. „Die Seidenstraße wartet nur darauf, zuzuschlagen, und mein Grandpa –"

Es tat weh. Zu wissen, dass sie den Mann verlieren würde, der ihr am wichtigsten war, und ganz allein auf der Welt zurückzubleiben.

„Sloan?"

Seine tiefe Stimme bewirkte, dass sie ihre Gefühle für den Moment verdrängen konnte, oder es zumindest versuchte. „Vielleicht waren meine Berechnungen der Windgeschwindigkeiten falsch und wir sind ein wenig zu weit östlich gelandet."

Einen Moment lang sah er sie an, bevor er nickte. „Poseidon ist aufgeladen und bereit, wieder ins Wasser zu tauchen."

Sie stand auf. „Okay, dann an die Arbeit."

Als der Kran den ROV wieder ins Wasser senkte,

betrachtete Sloan den Horizont. Es waren keine anderen Schiffe in Sicht und es gab kein Zeichen für die Seidenstraße.

Aber sie wusste, dass ihre Söldner irgendwo da draußen waren.

Kurz darauf stand sie hinter Diegos Stuhl im engen Computerraum. Das blaue Licht des Bildschirms erhellte sein raues Gesicht, und er bediente die Steuerung mit der Leichtigkeit der Erfahrung. Hinter Diego Torres steckte so viel mehr als der grummelige, einsame Wolf, für den sie ihn gehalten hatte, als sie das erste Mal aufeinandergeprallt waren.

Sie zwang sich, zum Bildschirm zu sehen, während der ROV dem sandigen Meeresgrund näher kam.

„Komm her", murmelte Diego.

„Wie bitte?"

„Hierher."

Sie ging um seinen Stuhl herum. „Was soll –"

„Ich werde dir zeigen, wie man den ROV steuert." Mit seinem Bein zog er einen Hocker vor seinen Stuhl.

Ihr Puls raste. Sie setzte sich hin und war sich sofort der Tatsache bewusst, dass sie zwischen seinen Beinen gefangen und von ihm umschlossen war. Sloan atmete tief ein. Er roch wie das Meer, und sie konnte spüren, wie ihr Körper tief in ihrem Bauch auf ihn reagierte.

Diego streckte seine Hand aus und ergriff ihre, dann zog er sie zurück, bis sie um die Joysticks lagen. Seine großen, schwieligen Hände schlossen sich um ihre Finger.

„Mach langsam mit der Steuerung", warnte er. „Kleine Bewegungen."

Sie tat es und keuchte leise. Er hatte recht. Die Steuerung des ROVs war sehr empfindlich. Doch die Maschine bewegte sich unter ihrer Kontrolle, und sie lächelte. Nach ein paar Fehlstarts hatte sie den Bogen raus.

„Genau so." Ein Lächeln erklang in seiner Stimme. „Du bist ein Naturtalent."

Er war ihr so nah, dass sie seinen Atem in ihrem Nacken spüren konnte.

Verdammt. Damit hatte sie nicht gerechnet. Als sie hergekommen war, hatte sie gewusst, dass ihr erstes Kennenlernen schwierig verlaufen war und diese Tatsache die Zusammenarbeit erschweren würde. Aber das hier? Diese verrückte Anziehungskraft? Nein, sie hatte nie damit gerechnet, dass sie Diego Torres verzweifelt die Klamotten vom Leib reißen wollen würde, um seinen steinharten Körper erforschen zu können.

Ihr letzter Liebhaber war ein netter, gut gekleideter Bezirksstaatsanwalt gewesen. Humorvoll, aber er hatte nie dafür gesorgt, dass sie verschwitzt war und kaum noch hatte laufen können.

Diegos Finger strichen über ihre und er lehnte sich vor. Seine Lippen streiften ihren Nacken.

Sloan erschauderte. *Gott.* Ihr inneres Flittchen fing an, zu betteln.

Plötzlich hielt der Mann inne, und sie warf einen Blick über ihre Schulter. Ihre Augen trafen seine tiefbraunen und alle Gedanken in ihrem Kopf waren wie weggefegt.

„Sloan."

Ihre Hände bewegte sich wie eine Einheit und glitten

über die Steuerung. Poseidon machte im Wasser eine scharfe Drehung. Dann wurde Diego noch ruhiger.

„Was?" Ihre Augenbrauen huschten nach oben. „Was ist denn los?"

Er starrte auf den Bildschirm. „Sieh mal."

Bei seinen Worten drehte sie sich um und blickte ebenfalls zum Bildschirm. Hauptsächlich Sand und Korallen. Dann sah sie es.

Sie lehnte sich nach vorn und ihr Herz schlug schneller. Nein, das konnte nicht sein. Doch die zylindrische Form einer Kanone, die halb im Sand vergraben war, war leicht zu erkennen.

Diego übernahm die Steuerung und lenkte den ROV näher heran. Ein merkwürdiger Klumpen war im Sand zu sehen. Ihre Augenbrauen wanderten noch höher. Es sah aus wie ein Haufen Muschelschalen.

Nein. Es war ein Haufen Münzen, der mit Ablagerungen aus dem Meer bedeckt war. „Diego."

„Ich sehe es."

„Da ist noch etwas anderes." Sie sprang hoch und deutete auf eine dunkle Form im Wasser. „Genau dort."

Etwas Grünes.

Ihr stockte der Atem, und Diego zoomte heran. Es war zwar nicht riesig, aber definitiv ein Smaragd.

Sloan drehte sich um und grinste ihn an. Unfähig, sich zurückzuhalten, beugte sie sich hinunter und drückte ihm einen schnellen Kuss auf die Lippen. „Wir haben es gefunden. Und, Lust zu tauchen?"

Ein heißer Blick bohrte sich in ihren. „Klar."

Voller Energie rannte Sloan aufs Deck. Während Diego Poseidon zurück aufs Boot holte, zog sie ihre Kleidung aus und einen Neoprenanzug über ihren Bikini. Sie war früher schon einmal zum Sporttauchen gegangen, daher kannte sie sich mit der Ausrüstung aus.

Nachdem er den ROV gesichert hatte, zog Diego seinen eigenen Anzug an und half dabei, die Ausrüstung für sie beide vorzubereiten. Sloan befestigte ihren Blei-gürtel und beobachtete ihn. Diego sah aus, als würde er sich auf einen Spaziergang um den Block vorbereiten, nicht auf einen Tauchgang.

Obwohl sie sich ein wenig mit der Tauchausrüstung auskannte, überprüfte er sie erneut mit der Leichtigkeit von jemandem, der das jeden Tag tat. Sie fragte sich, bei welchen Missionen er getaucht war, um ihr Land zu beschützen. Dann zog er seine restliche Ausrüstung an und hob eine Reihe von Tanks hoch, die er ihr hinhielt. Sie ließ das Gewicht auf ihren Rücken sinken und zog sich ihre Weste an, während er in seine eigene schlüpfte.

Am Rand des Decks zogen sie ihre Schwimmflossen und Tauchmasken an. Diego zeigte ihr kurz, welche Handsignale man unter Wasser brauchte, und dann nickten sie einander zu und ließen sich rückwärts in Wasser fallen.

Stille. Eine Explosion von Wasserbläschen stieg um ihre Maske auf, und sie ließ sich tiefer ins klare Wasser sinken.

Das Geräusch ihrer eigenen Atmung drang in ihre Ohren. Diego zeigte ihr das Zeichen für *alles okay*, und sie erwiderte es. Dann streckte er seinen Daumen nach unten, um ihr anzuzeigen, dass sie hinabtauchen sollten.

Mit starken Schwimmbewegungen drehte er sich um und glitt Richtung Meeresgrund. Sloan folgte ihm.

Gott, sie erinnerte sich daran, warum sie das Tauchen liebte. Dank all der Ausrüstung empfand sie ein Gefühl der Schwerelosigkeit. Wunderschöne Fische glitten an ihr vorbei. Hier unten gab es keine Drogen oder Arschlöcher. Kein Leid. Nur strahlendes, energiegeladenes Leben.

Diego führte sie nach unten und blickte ein paar Mal auf die klobige Taucheruhr an seinem Handgelenk. Sie konnte ihn sich gut mit einem Team von SEALs vorstellen, die auf einer Mission tauchten.

Schnell erreichten sie den Boden. Sie stellte ihre Weste mit der Auftriebskontrolle so ein, dass sie knapp über dem Sand hing.

Diego deutete voraus und sie schwammen vorwärts. Unerwartet packte er ihren Arm.

Er deutete auf etwas, und als sie es sah, stockte ihr der Atem.

Definitiv ein Smaragd, etwa so groß wie ihr Daumen. Er lag einfach im Sand, als würde er darauf warten, gefunden zu werden.

Sie schwamm vorsichtig darüber und hob ihn hoch. Dann hielt sie ihn vor ihr Gesicht und wusste, dass Diego hinter seiner Tauchmaske lächelte.

Er signalisierte ihr, mit der Suche weiterzumachen. Langsam schwamm sie weiter und erkundete den Sand. Als sie sich die Kanone ansah, zog eine Bewegung in der Nähe ihre Aufmerksamkeit auf sich. Ein paar neugierige Riffhaie, die jedoch nicht näher kamen, sondern irgendwann weiterzogen.

Dann packte Diego ihren Arm und führte sie zu zum Rand eines Korallenvorsprungs. Er deutete auf etwas.

Die Agentin runzelte die Stirn und sah sich die Korallen an, konnte aber nicht erkennen, warum Diego sie für wichtig hielt. Fragend sah sie ihn an, und er deutete erneut auf die Korallenformation.

Als sie die Formation erneut betrachtete, zog sich ihre Brust zusammen. Münzen. Genau wie die, die sie auf dem Bildschirm an Bord des Schiffs gesehen hatten. Ein weiterer Haufen korrodierter Goldstücke. Sie hatten wirklich den Rest des Wracks der *Atocha* gefunden. Sloan wusste, dass der hölzerne Rumpf längst verrottet sein musste, aber in ihrem Kopf stellte sie sich vor, wie er hier gelegen hatte, losgerissen vom Rest des Schiffs und im Meer verschollen.

Das bedeutete, dass der Smaragdschmetterling hier auch irgendwo sein musste.

Schließlich sah Diego auf seine Uhr und deutete nach oben. Sloan wollte noch nicht zurück, aber sie nickte. Sie würden bald wieder herkommen.

Gemeinsam begannen sie den Aufstieg zur Oberfläche. Die Silhouette der *Sturmnymphe* wurde über ihnen immer größer.

Zusammen tauchten sie auf.

„Mein Gott, Diego!", rief die Agentin, als sie an Bord stiegen. Ein großes Lächeln zierte ihr Gesicht. „Wir haben es gefunden!"

Freudig drehte sie sich auf dem Deck, während sie den kleinen Smaragd in der Hand hielt und lachte.

Er nahm ihr die Sauerstofftanks ab und stellte sie ab. „Das haben wir." Dann legte er seine eigene Ausrüstung ab.

Aufregung durchströmte sie. Sie hatten es gefunden.

Sloan konnte es gar nicht erwarten, ihrem Großvater davon zu erzählen. Endlich hatten sie den Rest des Wracks der *Atocha* entdeckt.

Und Diego hatte ihr dabei geholfen.

Sie grinsten einander an, und sie sah, wie Diego sich sein nasses Haar aus dem Gesicht strich.

Sloan sprang an ihm hoch, schlang ihre Arme und Beine um ihn und drückte ihren Mund auf seinen.

Er grunzte, als er sie festhielt und ... zurückküsste.

Das. ist. so. gut. Die Agentin strich mit einer Hand durch sein Haar und umkreiste seine Zunge mit ihrer. Seine großen Hände glitten zu ihrem Arsch, der immer noch im Neopren steckte.

In diesem Moment war sie sich nicht sicher, was sich besser anfühlte – dass sie die *Atocha* gefunden hatte, oder dass sie Diego Torres küsste.

KAPITEL VIER

Das Verlangen traf Diego wie eine Flutwelle. *Dios,* sie schmeckte so gut und fühlte sich unglaublich an.

Sloans Zunge spielte mit seiner, und er ging vor ihr auf dem Deck auf die Knie. Sein Körper presste sich an ihren, während er seine Hände in ihr Haar krallte. Sanft zog er an den feuchten Strähnen, um sie aus dem Knoten zu lösen.

Die Agentin schlang ihre Arme und Beine enger um ihn und stöhnte in seinen Mund. Genau in diesem Moment durchbrach ein klingelndes Handy die Stille.

Verdammt. Er erkannte den Klingelton und verfluchte sein Hightech-Kommunikationssystem.

Das Klingeln hörte auf und er küsste Sloan erneut, während er sie näher an sich zog. Aber die Stille hielt nicht lange an. Stattdessen schrillte das Handy erneut.

Sie zog sich zurück. „Willst du nicht drangehen?"

Er fuhr mit seiner Hand über ihren weichen Körper und spielte mit dem Verschluss ihres Neoprens. „Ich würde es lieber ignorieren." Doch das verdammte Ding meldete sich schon wieder.

Sloan biss sich auf die Lippen. „Wer auch immer das ist, ist ziemlich hartnäckig."

Mit einem Seufzen stand Diego auf. Es schmerzte ihn, sie loszulassen. „Mehr, als du denkst." Langsam ging er zu seiner verstreuten Kleidung und nahm sein Handy in die Hand. „*Hola,* Ma."

Die Stimme seiner Mutter erklang durch die Leitung.

Er seufzte. „Ich weiß, Mom. Ich bin mit dem Boot draußen." Er sah zu Sloan.

Sie beobachtete ihn mit unverhohlenem Interesse.

„Nein, Ma, ich kann heute nicht zum Abendessen kommen. Ich ... Nein. Ja. *Si,* ich weiß, dass ich als Sohn eine große Enttäuschung bin. Frag doch Teresa oder Ricardo, ob sie dir Enkelkinder schenken." Er wartete, während seine Mutter ihre häufig genutzte *Ich-werde-ohne-Enkelkinder-sterben*-Tirade vom Besten gab.

Die DEA-Agentin stand auf, und sein Blick glitt zu ihr, als sie den Neopren auszog. *So verdammt umwerfend.* Der winzige blaue Bikini brachte seinen Schwanz dazu, anzuschwellen, und er unterdrückte ein Stöhnen. Nein, es lag nicht an dem Bikini, sondern an dem, was darunter verborgen lag.

„Diego? Diego?"

Plötzlich merkte er, dass seine Mutter seinen Namen rief. „Tut mir leid, Ma, das habe ich nicht gehört."

Sloan sah ihn an, doch als sie merkte, was ihn abgelenkt hatte, lachte sie aus voller Kehle. *Dios,* er war so hart, dass es wehtat.

Seine Mutter wurde still, was sehr unnatürlich war. *Scheiße.*

„Ist das etwa eine Frauenstimme, die ich da höre, Diego?"

Verdammter Mist. „Sie ist eine Klientin."

„Du bist im Urlaub."

Er fluchte.

„Achte auf deine Wortwahl, Diego. Du und dein Mundwerk. Wer ist sie? Wie heißt sie?"

„Ma."

„Ist sie hübsch?"

„*Dios,* ich rufe dich an, wenn ich zurück bin."

„Kommst du dann zum Abendessen vorbei?" In ihrer Stimme erklang Hoffnung, und er schloss die Augen. Er erinnerte sich an Sloans Gesichtsausdruck, als sie ihm vom Verlust ihrer Familie erzählt hatte.

„Ja, ich komme vorbei."

„Wirklich? *Bueno!* Ich werde meine Hühnchen-Tostadas machen." Sie hielt inne. „Bring deine Freundin mit dem hübschen Lachen mit."

„Bis dann, Ma."

Sloan hatte sich ein Handtuch um die Hüften geschlungen und betrachtete den Smaragd. „Du stehst deiner Familie also *doch* nahe."

„Meine Mom mischt sich gern ein. Irgendwoher nimmt sie die Zeit, meine Geschwister und mich zu nerven."

„Das ist schön", murmelte sie. „Und sie wünscht sich Enkelkinder."

Diego stöhnte. „Und das lässt sie uns alle auch gern wissen." Er zog an seinem T-Shirt. „Na komm. Legen wir den Smaragd in meinen Safe. Wir müssen noch eine Bergung planen."

Nachdem der kleine Smaragd sicher verstaut war, arbeiteten sie im Trockenlabor weiter und sahen sich die Scans an, die der ROV gemacht hatte. Gemeinsam planten und diskutierten sie. Während sie arbeiteten, holte er ein paar Bier und Chips.

„Du solltest deine Familie nicht meiden", meinte sie und unterbrach damit ihre strategische Planung.

Er stützte seine Hände auf die Tischplatte. „Ich habe dir doch schon gesagt, dass ich in meiner Zeit als SEAL ... Dinge gesehen habe. Getan habe. Gute Freunde verloren habe. Scheiße." Diego nahm sich ein Bier und trank einen großen Schluck.

Sie streckte ihre Hand aus und fuhr über die Narben auf seinem Arm. Seine Muskeln spannten sich an und er atmete angestrengt ein. Das hielt sie nicht davon ab, seinen Unterarm zu streicheln. Das Narbengewebe schreckte sie nicht ab. Er hatte schon lange nicht mehr darüber geredet. Sie sagte nichts, doch er konnte spüren, wie die Worte in seinem Inneren brodelten.

„Da war diese eine Mission. Sie war von Anfang an zum Scheitern verurteilt. Ein paar Einheimische hatten uns verpfiffen. Wir wurden angegriffen, und drei von uns wurden von den Taliban gefangen genommen und gefoltert." Sogar heute erinnerte er sich noch an die Schreie, das Blut und die Schmerzen.

Ihre Finger verschränkten sich mit seinen und er atmete zitternd ein.

„Meine Freunde haben es nicht geschafft."

„Das tut mir so leid, Diego. Du musst wissen, dass es

nicht deine Schuld war. Du hast alles getan, was man in einer so furchtbaren Lage tun konnte."

„Ich weiß ... aber das macht es nicht leichter."

Sie drückte seine Hand. „Ich habe letztes Jahr einen Kollegen verloren. Einen Freund. Wir hatten Insiderinformationen über einen großen, geplanten Drogendeal. Wir dachten, die Informationen wären sicher und sind reingegangen, aber es waren ein paar Kartellmitglieder mehr da, als wir einkalkuliert hatten. Simon starb in einem Kugelhagel."

In ihrer Stimme lag ein rauer Schmerz. Er zog sie in seine Arme und sie drückte ihr Gesicht an seine Brust. Sie standen da, die Arme umeinander geschlungen. Diego fühlte ... etwas. Etwas, das er seit Langem nicht mehr empfunden hatte. Geborgenheit.

„Ich weiß, wie sich das anfühlt", murmelte sie. „Ich weiß, wie weh es tut, und dass es einen regelmäßig heimsucht. Selbst jetzt warte ich noch darauf, dass die Zeit es leichter zu ertragen macht."

„Aber man vergisst es nie."

„Niemals." Einen Moment lang schwieg sie. „Deine Familie klingt, als würde sie dich lieben."

Er seufzte. „Das stimmt."

„Schieb sie nicht weg. Du kannst nie wissen, wie lange sie noch da sein werden. Ich bin kurz davor, meinen Grandpa zu verlieren ..." Ihre Stimme stockte. „Und ich würde alles dafür tun, mehr Zeit mit ihm zu verbringen."

Ihre Worte hallten in Diego wider, und er hielt sie noch fester.

Schließlich trat sie zurück und streckte den Rücken gerade. „Wir haben jetzt wohl einen machbaren Plan."

Er nickte. „Wir sollten ein wenig schlafen. Morgen müssen wir lang tauchen."

Ihre Augen sahen ihn immer noch an, offen und direkt. „Danke, Diego. Für alles. Schlaf gut."

Als sie ging, blickte er ihr nach und ballte die Hände zu Fäusten, damit er sie nicht festhalten konnte. Dann sah er zu den Narben auf seinem Arm, doch dieses Mal erinnerten sie ihn nicht an Schmerz und Verlust. Stattdessen dachte er an Sloans Finger, die ihn dort berührt hatten.

SLOAN SCHRECKTE PLÖTZLICH aus dem Schlaf auf. Ihre Brust brannte. Ein schweres Gewicht drückte auf ihr Gesicht und sie konnte nicht mehr atmen.

Sie wurde mit einem Kissen erstickt.

Sofort schaltete sie in den Kampfmodus und wehrte sich gegen ihren Angreifer, aber der Wichser war stark.

Denk nach, Sloan. Denk nach, oder du stirbst.

Die DEA-Agentin tat so, als würde sie die Kraft verlassen und ließ ihren Körper ruhig werden, während sie gegen den Stoff auf ihrem Gesicht nach Luft schnappte. Nicht mehr lange, und ihr Schauspiel würde bitterer Ernst sein.

Sie ließ sich auf die Pritsche fallen und streifte mit den Fingern einen dicken, harten Oberschenkel, der von einem feuchten Neoprenanzug umhüllt war.

Anhand der Größe der Person schätzte sie, dass es sich um einen Mann handelte.

Die Agentin bereitete sich mental auf den Kampf vor und trat ihm dann in die Eier. Fest.

Ein scharfes Stöhnen erklang in der kleinen Kajüte. Der Druck des Kissens ließ nach, und Sloan warf sich mit aller Kraft nach oben.

Dann war das Kissen weg. Sie schnappte nach Luft und sprang von der Pritsche. Es war stockdunkel in der engen Kabine, aber sie schaffte es, sich gegen ihren Angreifer zu werfen. Sie schlug mit aller Kraft zu – Schlag, Hieb, Aufwärtshaken. Das Grunzen und Stöhnen ihres Gegners hallte durch den kleinen Raum.

Schnell rammte sie ihre Faust in seinen Bauch und die Luft wich aus seinen Lungen. Dann wich sie so weit zurück, dass sie ihm in den Magen treten konnte.

Er stolperte zur Wand und sie schlug erneut zu, bevor sie ihm ihren Ellbogen mit voller Wucht ins Gesicht rammte.

Er fiel bewusstlos zu Boden.

Ihre Hand zitterte, als sie das Licht anschaltete. Sie ging zu ihrem Rucksack und schnappte sich ein paar Kabelbinder. Ihn zu fesseln, dauerte nur ein paar Sekunden.

Sloan sah ihn an. Kantiger Kiefer, normales Aussehen, dunkles Haar. Sie packte ihr Tablet und machte ein Foto.

Schließlich richtete sie sich auf. *Diego.* Der Mistkerl war sicherlich nicht allein gekommen. Waren sie auch hinter Diego her?

Die DEA-Agentin schnappte sich ihre Glock, eilte

aus der Kabine und joggte durch den Flur, der von schwachen Lampen beleuchtet wurde.

Diego war ein SEAL. Ihn hatten sie bestimmt nicht überrumpelt.

Sie stieß die Tür zu seiner Kabine auf, konnte aber nichts sehen. Der silberne Lichtschimmer im Flur beleuchtete nur ein winziges Stück des Teppichs.

Plötzlich stieß ein großer Körper gegen sie und sie fielen gemeinsam zu Boden. Der Körper war groß und nackt.

„Sloan? Was zur Hölle?" Diego schob sie von sich runter.

„Ich wurde in meiner Kabine angegriffen." Sie setzte sich auf. „Die Seidenstraße ist an Bord."

Er fluchte und streckte seine Hand aus, um ihr aufzuhelfen.

„Geht es dir gut?" Er schaltete das Licht ein.

Sloan blinzelte. „Alles gut. Der Idiot hat versucht, mich zu ersticken." Ihr Tonfall wurde ernster, während sie über ihre Brust rieb. „Ich glaube, er bereut das jetzt."

Sie konnte die Wut in Diegos dunklen Augen sehen und erstarrte. Er war nackt. *Sehr* nackt. Natürlich hatte sie bereits gewusst, dass es kein Gramm Fett an seinem Körper gab. Ihr Blick fiel auf sein Tattoo und dann weiter nach unten.

Konzentrier dich auf die bösen Jungs, inneres Flittchen. Aber zum ersten Mal in ihrem Leben war sie vom Schwanz eines Mannes fasziniert. Es war aber auch ein hübscher, dicker Schwanz.

Diego drehte sich um, und sie sah zu, wie er sich ein paar Shorts aus einem Schrank nahm. Ihr Blick glitt über seinen straffen Arsch und sie hob den Blick zur Decke. *Beruhige dich, Flittchen.* Schließlich hatte er sich angezogen und nahm seine Desert Eagle vom Nachttisch.

Er hob die Waffe an. „Gehen wir."

Ihre Hand packte die Glock fester und sie ignorierte die Tatsache, dass sie nur ein paar Schlafshorts und ein Tank Top anhatte. Sie trug nicht einmal einen BH.

Langsam schlichen sie durch den Flur und durchsuchten jeden Raum. Als Nächstes gingen sie nach oben durch die Kombüse und das Labor. Sobald sie die Treppe zur Brücke hochschlichen, fanden sie Schrammen an der Tür. Die Seidenstraße hatte versucht, sich Zutritt zur Brücke zu verschaffen, doch Diegos Sicherheitsvorkehrungen hatten es verhindert.

Diego deutete wieder zu den Stufen und sie schlichen über das Deck. Als er innehielt, entdeckte sie ein paar nasse Fußspuren. Diego bückte sich und hob ein paar Finger hoch.

Vier Eindringlinge. Einer war in ihrer Kabine gefesselt.

Diego stand auf und ging vorwärts, aber sie kamen nicht weit, bevor er leise fluchte. Sie folgte seinem Blick.

Im Licht der Sicherheitsbeleuchtung sah sie, dass die Tauchausrüstung zerstört worden war. Alles lag verstreut und zerschnitten herum. Als sie zu dem Regal sah, in dem der ROV verstaut war, bemerkte sie, dass es ihnen nicht gelungen war, die Maschinen zu entriegeln, aber sie hatten die Leitungen zerfetzt und trotzdem Schaden angerichtet.

Nein. Ihr Magen zog sich zusammen.

Sie beobachtete, wie sich ein Muskel in Diegos

Kiefer anspannte. Er deutete ihr, zu ihm zu kommen, und sie fuhren damit fort, das Schiff zu durchsuchen.

Schließlich stellte er sich gerade und entspannte seine Schultern. „Sie sind nicht mehr hier."

„Was ist mit dem Typen in meinem Zimmer?"

Gemeinsam eilten sie nach unten. Ihre Kabine war durch den Kampf das reinste Chaos, die Bettdecke lag auf dem Boden. Aber der Mann war weg. Offensichtlich hatten ihn seine Kumpels gerettet.

Sie fluchte und trat gegen das Bett.

Diego senkte seine Waffe. „Sie wollten uns sabotieren."

„Diese verdammte Seidenstraße", stieß sie aus.

„Sie wollten uns ausbremsen und dafür sorgen, dass wir zurück an Land fahren."

„Damit sie selbst runtertauchen und den Smaragd stehlen können."

Er kam näher und berührte ihre Wange. „Wir werden nicht zulassen, dass sie gewinnen. Sie haben es nicht auf die Brücke geschafft und kennen die genauen Koordinaten für die *Atocha* nicht."

Sie biss die Zähne zusammen und nickte. Dennoch war sie frustriert.

„Trotzdem müssen wir zurück nach Key West. Wir brauchen neue Tauchausrüstung." Er streichelte erneut ihre Wange. „Und Verstärkung. So etwas wie heute Nacht darf sich nicht wiederholen."

„Tut mir leid, dass deine Ausrüstung zerstört wurde", erwiderte sie.

Diego fuhr mit einem Finger über ihre Nase. „Meine Ausrüstung ist mir scheißegal, Sloan."

KAPITEL FÜNF

A ls sie zurück nach Key West fuhren, tobte Diego innerlich vor Wut.

Wieder einmal hatte die Seidenstraße sein Boot im Schutz der Nacht geentert und unschuldige Menschen im Schlaf bedroht. Feiglinge. Als es zum ersten Mal geschehen war, abseits der Küste von Madagaskar bei einer Mission von THS, war er angepisst gewesen, doch jetzt schäumte er vor Wut.

Er hoffte bei Gott, dass die Falle, die Darcy gerade vorbereitete, funktionierte und die Seidenstraße ein für alle Mal von der Bildfläche verschwand.

Sloan saß schweigend neben ihm auf der Brücke. Jedes Mal, wenn er in ihre blutunterlaufenen Augen sah, entfachte sein Zorn erneut. Sie könnte tot sein. Sein Magen zog sich zusammen. Die Seidenstraße würde für den Anschlag auf sie bezahlen.

Die Stunden zogen vorbei, bis die Lichter von Key West endlich am Horizont erschienen. Die Frau neben ihm war schon eine Weile sehr ruhig, und als er zu ihr sah, bemerkte er, dass sie eingeschlafen war.

Dabei erkannte er, dass er sie noch nie so entspannt gesehen hatte. Ihre dunklen Wimpern berührten ihre zarte Haut, und sie hatte eine Hand unter ihre Wange gelegt. Die Jagd nach dem Smaragd, die Sache mit der Seidenstraße und der bevorstehende Verlust ihres Großvaters forderten ihren Tribut.

Plötzlich spürte Diego das Bedürfnis, sie auf seinen Schoß zu ziehen und vor allem zu beschützen. Er schüttelte den Kopf. Wenn er jemanden kannte, der auf sich selbst aufpassen konnte, dann Sloan McBride.

Schließlich lenkte er die *Nymphe* in den Hafen, ging nach draußen und ankerte. Als er zurückkam, schlief sie immer noch. Sanft berührte er ihre Schulter. „Sloan."

Sie blinzelte, und als ihr schläfriger Blick ihn traf, lächelte sie. Etwas in seiner Brust schmolz dahin.

„Sind wir schon zurück?", fragte sie.

„Ja. Die Sonne geht auf. Ich muss mit meinem Ausrüstungshändler reden und ihn fragen, wie lange es dauern wird, neue Sachen zu bekommen oder meine eigenen zu reparieren."

„Ich will heute wieder da raus, Diego."

„Nun, ich weiß nicht, wie viel Zeit es braucht, aber ich gebe mein Bestes, die Sache zu beschleunigen."

Sie stand auf, schüttelte den Schlaf ab und verwandelte ihr Gesicht wieder in das der DEA-Agentin – hart und entschlossen. „Je schneller wir wieder raus können, desto eher können wir die Seidenstraße davon abhalten, unseren Smaragd zu stehlen."

Er lächelte. „Unseren Smaragd?"

Sie lächelte zurück. „Ja."

Sein Grinsen verschwand. „Du musst mit Darcy reden. Wir brauchen Verstärkung."

Sloan nickte. „Ich rufe sie an und frage sie, wie lange Treasure Hunter Security braucht, um hier aufzutauchen."

Bei ihren Worten nickte er. „Dann los, Matrosin."

Sie verdrehte die Augen und griff nach ihrem Handy. Diego nahm sein eigenes in die Hand und beobachtete, wie sie auf den Balkon hinausging. Er erledigte seine Anrufe und forderte ein paar Gefallen bei seinem Ausrüstungshändler ein. Bruno konnte eine Nervensäge sein, aber er verkaufte gute Tauchsachen.

Als er aus dem Fenster sah, erkannte er, dass Sloan in ihr Gespräch vertieft war. Er hoffte, dass Dec und sein Team schnell hier sein konnten.

Diego würde Sloans Leben auf keinen Fall erneut riskieren.

Stirnrunzelnd kam sie zurück. „Darcy muss noch ein paar Dinge in DC klären, bevor sie herkommen kann. Sie meinte, dass Dec das THS-Team aus Mexiko zu uns schickt, aber das wird auch vierundzwanzig Stunden dauern." Sloan atmete aus. „Das ist zu lang."

„Wir sollten auf sie warten."

„Das geht nicht, Diego. Die Seidenstraße weiß, in welchem Bereich wir gesucht haben. Sie werden den Smaragdschmetterling finden."

Seufzend stieß er einen Atemzug aus. „Okay, aber wir müssen erst versuchen, unsere Tauchausrüstung zu besorgen. Na komm, statten wir dem Händler meines Vertrauens einen Besuch ab."

DARCY WARD KAM RÜCKWÄRTS aus dem engen Kriechgang unter der Museumsausstellung heraus und fluchte, als sie sich den Kopf stieß.

Sie setzte sich wieder auf die polierten Travertinfliesen und wischte sich die Hände ab. „So. Erledigt. Die Verkabelung ist fertig. Jetzt muss ich nach Florida."

Eine starke Hand packte ihren Arm und half ihr auf die Beine. „Ich brauche dich hier. Das ist unsere Chance, die Seidenstraße für immer auszulöschen."

Darcy riss ihren Arm los und wirbelte herum. Der Hauptausstellungsraum des Dashwood-Museums war groß und prächtig. Die cremefarbenen Fliesenböden standen im Kontrast zu den Wänden mit glänzender Holzvertäfelung. Große Fenster ließen viel Sonnenlicht herein, was dazu beitrug, die große Gestalt von Agent *Arrogant-und-Nervtötend* hervorzuheben.

Wie immer grübelte Darcy über den kosmischen Witz, dass ein Mann, der so gut wie nie lächelte, nervte und glaubte, andere herumkommandieren zu können, so verdammt gut aussehen konnte. Ein dunkler Anzug und eine Krawatte betonten seinen muskulösen Körper. Das braune Haar war kurz geschnitten, und natürlich hatte er einen Schatten von sexy Stoppeln auf seinem markanten Kiefer. Er drehte sich um, und sie erblickte die Pistole, die er im Holster an seiner Seite trug.

„Denk daran, ich arbeite *mit* dir, nicht *für* dich, Burke. Meine Freundin braucht mich. Die Seidenstraße hat sie fast umgebracht, und die Ausstellung eröffnet erst in einer Woche. Bis dahin bin ich zurück. Wir werden bereit sein."

Das Dashwood würde bald eine Ausstellung bisher nie gesehener Artefakte zeigen. Eines davon war von Mythen und Legenden umwoben. Es war genau die Art von Artefakten, die die Seidenstraße gern erwarb, also stahl, ohne sich darum zu kümmern, wen sie dabei verletzte und ermordete.

„Dein Bruder kann doch hinfliegen."

„Das wird er, aber ich auch. Sloan ist meine Freundin."

„Sloan McBride ist eine ausgebildete Agentin. Warum denkst du, dass du ihr helfen kannst?"

Darcy machte einen Schritt nach vorn und die Absätze ihrer Stiefel klackten auf dem Boden. Ihre Zehen berührten die seinen in seinen schwarzen, glänzenden Schuhen. „Weil ich klug bin. Ich brauche keinen schwarzen Gürtel in irgendeiner Kampfkunst und ich muss auch nicht schießen können, um meiner Freundin zu helfen."

Burkes intensive, grüne Augen blitzten auf. „Das könnte gefährlich werden."

„Ach echt? Deswegen fliege ich ja runter, um ihr zu helfen. Das machen Freunde so." Sie verschränkte die Arme vor der Brust. „Hast du überhaupt Freunde, Burke?"

Er sah sie böse an, antwortete jedoch nicht.

Schritte erklangen. „Hier kommt eure Starbucks-Lieferung."

Ein anderer Agent trat mit einem Lächeln auf dem Gesicht zu ihnen. Er trug ein Tablett mit Kaffee.

Special Agent Thomas Singh sah von Darcy zu Burke. „Scheint, als wäre ich gerade noch rechtzeitig aufgetaucht, bevor ihr euch an die Gurgel geht. Mal wieder." Er reichte Darcy einen Becher. „Vanille-Latte, extra stark."

Darcy schaffte es, zu lächeln. „Du bist einfach ein Gott. Wie zum Teufel hältst du es nur den ganzen Tag mit Agent *Griesgram* aus?"

Burke knurrte, und das Geräusch bescherte Darcy ein fantastisches Gefühl. Sie trank einen Schluck von ihrem Kaffee und stöhnte. Er war echt gut.

Als sie aufsah, starrte Burke sie an. Der Ausdruck in seinem Gesicht ließ ihre Muskeln sich anspannten. Bevor sie darüber nachdenken konnte, was das bedeutete, machte er auf dem Absatz kehrt und stapfte hinaus.

Verdammt, der Mann sah von hinten genauso heiß aus wie von vorn. Was für eine Verschwendung.

„Okay, Tom, ich fliege ein paar Tage nach Florida."

„Sand und Sonne?"

Sie lächelte. „Nein, wohl eher Feuergefechte und Chaos."

Der Agent nippte an seinem eigenen Kaffee. „Na dann, viel Spaß. Wir sehen uns, wenn du zurück bist."

DIEGO HIELT seinen Jeep auf dem Parkplatz des Jachthafens an.

Sloan sprang hinaus und schlug die Tür zu. „Ich kann nicht glauben, dass wir nicht alles bekommen haben, was wir brauchen!"

„Bruno anzudrohen, ihn festzunehmen, war wahrscheinlich keine kluge Idee."

Sloan blickte finster drein.

Diego packte ihre Schultern. „Ich weiß, dass du frustriert bist, und unbedingt sofort wieder da raus willst, aber selbst, wenn wir unsere ganze Ausrüstung bekommen hätten, wäre es schon zu spät für einen Tauchgang, bis wir wieder an der Stelle ankämen."

„Zumindest könnten wir die Seidenstraße von unserem Bereich fernhalten."

„Du und ich gegen die ganze Seidenstraße. Ich glaube, ich fühle mich geschmeichelt."

Sie rümpfte die Nase.

„Wir sind beide müde nach dem Fiasko letzte Nacht, und wir sollten auch nicht vergessen, dass du fast erstickt bist." Ein Muskel in seinem Kiefer zuckte, allein, weil er die Worte aussprechen musste. „Bruno wird die Sachen gleich morgen früh besorgen. Dann fahren wir wieder raus."

Sie atmete langsam aus. „Na gut."

„Wir werden nicht zulassen, dass die Seidenstraße gewinnt."

„Klar. Gut, ich mache uns ein spätes Mittagessen." Sie stieß einen weiteren frustrierten Atemzug aus und ging zurück zur Kombüse.

„Danke."

„Dank mir noch nicht!", rief sie über ihre Schulter. „Die Küche ist nicht gerade mein Spezialgebiet."

Diego überprüfte das Schiff und sprach mit dem Hafenbeamten wegen des Betankens. Als er endlich in

die Kombüse trat, stieg ihm der Geruch von ange-
branntem Essen in die Nase.

Sloan, die jetzt noch frustrierter war, wirbelte in der
Kombüse herum.

„Ich habe das Mittagessen verdorben." Sie warf die
Hände in die Luft.

Es kostete ihn einige Mühe, sein Lächeln zu unterdrücken. „Nun ja, du stehst unter Stress."

Sie schüttelte den Kopf. „Eigentlich lasse ich immer
alles anbrennen. Ich bin eine furchtbare Köchin."

Er sah, wie niedergeschlagen sie war, und wusste,
dass das nicht nur an dem Essen lag. „Ich weiß, dass du
andere Fähigkeiten besitzt." Mit diesen Worten ging er
zum Kühlschrank, nahm ein paar frische Shrimps heraus
und holte ein Baguette aus dem Vorratsschrank. Dann
griff er nach zwei Bier und öffnete sie. Er reichte ihr eins.

„Das stimmt." Sloan lehnte sich gegen die Theke und
streckte ihre Hand nach dem Bier aus. „Ich kann schießen, bin hervorragend im Verhandeln und unfassbar gut
im Nahkampf."

„Genau die Fähigkeiten, die ich in einer Frau suche."

Sie sah ihn an und hob eine Augenbraue. „Ach echt?
Willst du etwa kein süßes Frauchen, das für dich kocht, den
ganzen Tag barfuß herumläuft und dir Kinder schenkt?"

Sein Blick fiel auf ihre langen Beine, und Hitze
sammelte sich in seinen Lenden. „Nein." Er stellte sein
Bier ab. „Aber willst du denn keinen wortgewandten,
Anzug tragenden Gesetzeshüter?"

Die Agentin machte einen Schritt auf ihn zu.
„Nein."

Diego packte sie und drückte sie gegen die Theke. Ihre Hände griffen nach seinem T-Shirt und ihr Mund berührte seinen Kiefer. Er ergriff ihre Hüften und hob sie hoch. *Dios,* ihr Mund. Er brauchte ihn. Schnell legte er seine Lippen auf ihre und schmeckte sie, kostete sie aus. Der Kuss war so leidenschaftlich, so gierig.

Ihre Hände krallten sich in den Stoff seines T-Shirts, dann zerrte sie es ihm über den Kopf.

„Ich brauche dich, Diego. Heiß, hart und gnadenlos."

Er stöhnte. „Dein Wunsch ist mir Befehl."

Mit flinken Fingern öffnete er die Knöpfe ihrer Bluse und legte seine Hände auf ihren BH, der ihre Brüste umschloss. Sie lehnte sich vor und biss in seine Unterlippe, während sie ihre Beine um seine Hüften schlang.

Diego ließ seine Finger nach unten gleiten und öffnete ihre Shorts, bevor er sie mitsamt ihrer Unterhose nach unten zerrte. Seine Hand fuhr zwischen ihre Schenkel und streichelte sie. Die Agentin stöhnte.

„Gefällt dir das?", fragte er mit kehliger Stimme. „Du bist so feucht für mich, *Chiquita*."

„Ja." Ihre Hüften stießen gegen seine Hand. „Gott, Diego."

„Ich will, dass du so auf meinen Fingern kommst." Er stieß zwei in sie hinein.

„Ja, hör nicht auf!"

Diego spürte, wie sich ihr Körper anspannte und hörte, wie ihr Stöhnen lauter wurde. Eine Sekunde später verkrampften sich ihre Schenkel und sie kam mit einem lustvollen Schrei. Als er sah, wie ihre Lust sie überflutete, packte ihn ein unbändiges Verlangen.

Er zog sie zum Rand der Theke. Sie ließ ihre Hände

zu seinen Shorts gleiten und machte sich am Reißverschluss zu schaffen, während er ein Kondom aus seinem
Geldbeutel fischte. Sein Schwarz kam zum Vorschein,
als sie es schaffte, den Reißverschluss nach unten zu
ziehen.

„Ich muss dich ficken", knurrte er, öffnete die Verpa-
ckung und zog sich das Kondom über.

„Tu es", keuchte sie.

Er presste seine Eichel gegen ihre warme Pussy und
stieß eine Sekunde später in sie. „Endlich."

„Ja", stöhnte Sloan.

Verdammt, sie war wirklich eng und zog sich um ihn
zusammen. Es fühlte sich an wie der Himmel. „Ich will
dich schon seit Monaten."

Ihre Lippen teilten sich und sie sah ihn an. „Ich dich
auch."

„Sloan –"

Sie wackelte mit ihrem Becken „Beweg dich, Torres."

Und da war er wieder, der Befehlston. *Dios,* sie war
perfekt. Diego ließ sich nicht lange bitten.

GOTT, sie passten einfach perfekt zueinander.

Sloan hielt sich an Diego fest, während er sie hart
fickte. Ihr Mund landete auf seinem Hals und kostete
seine salzige Haut. Sein Schwanz fühlte sich so gut, dick
und hart an, und füllte sie perfekt aus.

Sie hob ihre Beine an und presste sie an seine Flan-
ken. Dann schob sie ihre Hüften nach oben, um seine
Stöße zu erwidern.

„Diego."

„Ich liebe es, wenn du meinen Namen auf diese Art sagst, *Chiquita*. Vor allem, wenn ich tief in dir vergraben bin." Er küsste sie heiß und innig, und sie verloren sich in ihrer gemeinsamen Lust.

„Gib mir alles, Sloan. Ich will hören, wie du kommst."

„Gott." Sie krümmte sich auf der kühlen Oberfläche der Theke. Ihre Leidenschaft durchströmte sie und sie ließ ihre Hände in sein Haar gleiten. Sie zog kräftig daran und wusste, dass er es spüren würde.

Kurz darauf wurde sie von ihrem Orgasmus übermannt, bäumte sich auf und schrie seinen Namen.

Er zog sich aus ihr zurück, obwohl sein Schwanz immer noch steinhart war und von ihren Säften glänzte. Protestierend schrie sie auf.

Bevor sie etwas sagen konnte, hob er sie von der Theke, als ob sie nichts wöge, und schritt mit ihr aus der Kombüse.

„Beim nächsten Mal kommen wir gemeinsam", knurrte er.

Es war ihr völlig egal, dass sie beide nackt waren, als er mit ihr nach draußen trat. Schnell trug er sie unter Deck und in seine dunkle Kabine. Sie wusste gar nicht, wie ihr geschah.

Diego legte sie aufs Bett, packte sie und drehte sie herum, bevor sie sich bewegen konnte.

„Diego." Ihre Stimme war heiser vor Erregung.

„Auf die Knie." Er packte ihre Hüften.

Sie glitt auf die Knie und spürte seinen großen Körper hinter sich. Ihr Herz hämmerte in ihrer Brust.

Noch nie zuvor hatte sie so intensiven, unkontrollierten Sex erlebt. Sie liebte es.

Eine seiner Hände krallte sich in ihr Haar und zog ihren Kopf zurück. Sein Mund presste sich auf ihren und ihre Zungen begannen ein Spiel, das ihnen noch weiter einheizte.

Plötzlich drängte sein Schwanz sich erneut in sie, und sie stöhnte.

Seine andere Hand glitt zu ihrer Hüfte und er fing an, sich zu bewegen. Gott, er fickte sie gnadenlos. Seine Haut klatschte gegen ihren Arsch.

„Du fühlst dich so gut an, Sloan. Du bist so eng um meinen Schwanz."

Seine Hand glitt unter sie und rieb ihren geschwollenen Kitzler. Nein, sie konnte auf keinen Fall erneut kommen ...

„Diego!", stöhnte sie angestrengt.

Ihr Orgasmus erschütterte sie, und sie rief erneut seinen Namen. Dann stieß Diego tief in sie hinein, erstarrte, und kam mit einem tiefen, grollenden Knurren.

Er ließ sich nach vorn fallen, drehte sich jedoch dabei mit ihr, sodass sie nun beide auf der Seite lagen. Behutsam zog er sie näher heran, bis ihre verschwitzte Haut an seiner klebte.

Sloan versuchte einfach nur, zu Atem zu kommen. Diegos Lippen berührten ihre Schulter und sie erschauderte.

„Wir passen so perfekt zusammen", murmelte er.

KAPITEL SECHS

S loan erwachte von dem Gefühl von Lippen, die ihren Körper hinabglitten.

Im morgendlichen Sonnenlicht lächelte sie und fuhr mit ihrer Hand durch Diegos Haar. *Wow.* Das war die beste Nacht ihres Lebens gewesen. So viele Orgasmen hintereinander hatte sie noch nie erlebt, und sie wusste jetzt, dass Diego eine bemerkenswerte Ausdauer hatte und sehr kreativ war.

Ihre Augen senkten sich zu ihm. Verdammt, er sah mit seiner glatten, gebräunten Haut und diesen schläfrigen Augen einfach umwerfend aus.

„Morgen", murmelte sie.

„Morgen, *Chiquita.*" Er knabberte an ihrem Bauch und glitt tiefer.

O Gott. Sie drückte ihren Kopf in die Kissen und konnte seine Fingerspitzen an ihrem Oberschenkel spüren. Natürlich wusste sie, was als Nächstes kommen würde, und erschauderte. Dieser Mann war unglaublich gut mit seinem Mund.

Dann spannte er sich plötzlich an.

Sloan blinzelte, und hörte auf einmal ... Schritte auf dem Deck über ihnen.

Diego sprang auf und griff schnell nach seinen Jeansshorts und seiner Waffe. Dann war er verschwunden.

„Warte." Sloan sprang aus dem Bett. Wo waren ihre Klamotten? *Verdammt.* Sie lagen überall in der Kombüse verstreut.

Sloan musste Diego den Rücken freihalten. Ob er nun ein SEAL gewesen war oder nicht, sie würde nicht zulassen, dass er sich der Person oben auf dem Deck allein stellte. Wer auch immer es war.

Schnell riss sie die Decke vom Bett und wickelte sie um ihren Körper. Danach durchsuchte sie Diegos Schublade, aus der er die Waffe genommen hatte, und fand eine gut gepflegte SIG Sauer. Sie nahm sie an sich, überprüfte sie und lud nach, bevor sie aus der Kabine stürmte und zum Deck eilte.

Während sie gegen das helle Sonnenlicht anblinzelte, hob sie die Augenbrauen und zwang sich, langsamer zu werden. Diego sprach mit jemandem auf Spanisch, und zwar so schnell, dass sie nicht folgen konnte, aber er klang angepisst.

Sie hielt die Waffe hoch, glitt langsam um die Wand und hielt inne.

Eine kleine, korpulente, dunkelhaarige Frau Mitte sechzig stand auf dem Deck und lieferte sich einen verbalen Schlagabtausch mit Diego. Neben ihr stand eine kurvige, jüngere Version der Frau, die unglaublich glänzendes schwarzes Haar besaß.

Diego stand einfach nur da, seinen Rücken Sloan zugewandt, und ließ die Waffe baumeln.

In diesem Moment bemerkte die Frau Sloan, und ihre dunklen Augen wurden groß.

Scheiße. Die Agentin brauchte zwei Sekunden, um zu erkennen, dass die jüngere Frau eine weibliche Version von Diego war und seine Schwester sein musste. Sloan senkte ihre SIG und versuchte zu verhindern, dass sie errötete.

„*Ay Dios mio*", stieß die ältere Frau mit leuchtenden Augen aus.

Diego sah über seine Schulter. Seine Wut verpuffte, und seine Mundwinkel zuckten.

„Ähm, hallo", grüßte Sloan.

„Hallo. Ich bin Maria." Die ältere Frau eilte zu ihr. „Ich bin Diegos Mama und das ist seine Schwester Teresa."

Die jüngere Frau grinste von Ohr zu Ohr. Mit ihrem Finger deutete sie auf Sloan.

„Es ist schön, euch beide kennenzulernen." *Während ich in eine Decke gewickelt bin, eine Waffe halte und gerade die Nacht damit verbracht habe, unanständige Dinge mit deinem Sohn beziehungsweise deinem Bruder zu treiben.* „Ich bin Sloan. Sloan McBride."

„Und du bist single, Sloan?", fragte Mrs. Torres. „Arbeitest du? Gehst du in die Kirche?"

„Äh –" Das Schnellfeuer von Fragen sorgte dafür, dass sie Diego ansah, und ihn mit ihren Augen um Hilfe anflehte.

Aber er lächelte einfach in Richtung Fußboden und stemmte die Hände in die Hüften.

Arsch. „Ich bin DEA-Agentin.“

Maria Torres' Augen wurden groß. „Oh. Nun, ein Job bei der Regierung ist ein einträglicher Job. Gute Sozialleistungen und Stabilität.“

„Und Diego braucht eine knallharte Frau, Ma“, meinte Teresa.

O Gott. „Diego hilft mir bei einem Job. Tauchen und bergen.“ Sie sah ihn erneut an und eine eindeutige Botschaft lag in ihrem Blick. *Hilf mir.*

„Ma, wir müssen los“, erklärte Diego. „Da kommt Bruno mit der neuen Tauchausrüstung, auf die wir gewartet haben.“

Sloan drehte ihren Kopf und erkannte Brunos Halbglatze und einen weiteren Mann, der Tanks über den Pier trug.

Sie räusperte sich. „Nun, es war wirklich schön, dich kennenzulernen.“

Mrs. Torres sprach auf Spanisch weiter und deutete zu Diego.

Er atmete aus. „Okay, okay, Ma. Jetzt geht bitte.“

„Machs gut, Sloan.“ Mrs. Torres lächelte breit. Sie packte Teresas Arm und die beiden Frauen winkten ihnen zu, während sie die Rampe hinuntergingen.

„Was hat sie gesagt?“, zischte Sloan.

„Sie hat uns zum Abendessen eingeladen, wenn wir unseren Job erledigt haben.“

„Was?“, stieß sie aus.

Diego legte einen Arm um ihre Schultern und küsste ihren Scheitel. „Meine Mom will uns ihre weltberühmte Hühnchen-Tostadas machen.“

„Was?“, wiederholte Sloan, weil sie zu nichts

anderem imstande war. „Ich kann nicht mit deiner Familie zu Abend essen."

Er sah sie an. „Du willst meine Mom doch nicht enttäuschen, oder?"

Sloan kniff die Augen zusammen. „Versuchst du gerade, mich zu erpressen?"

„Vielleicht. Was willst du dagegen unternehmen? Mich fesseln?" Er knabberte an ihren Lippen. „Tut mir leid, dass wir eben unterbrochen wurden."

Sie schmolz dahin. „Mir auch."

„Willst du dich anziehen, bevor Bruno an Bord kommt?"

Herrgott. „Ja." Sie würde sich nicht noch jemandem in einer Bettdecke stellen. Schnell eilte sie unter Deck.

Nachdem sie kurz geduscht hatte, zog sie frische Kleidung an und wollte gerade hoch aufs Deck, als die Schiffsmotoren unter ihren Füßen zum Leben erwachten. Diego stand auf der Brücke und lenkte sie aus dem Hafen.

„Haben wir alles?", fragte sie.

Er nickte. „Wir sind bereit."

Sobald sie auf dem offenen Meer waren, beschleunigte er das Schiff. Sloans Nerven kribbelten. Was, wenn die Seidenstraße den Smaragd bereits gefunden hatte? Was, wenn ihre Söldner genau jetzt da draußen waren und sie zur Konfrontation gezwungen wurden? Sie kaute auf ihrem Fingernagel. Vielleicht hätten sie auf Dec, Darcy und die anderen warten sollen.

„Beruhige dich", meinte Diego.

„Geht nicht."

„Was machst du, wenn ihr kurz vor einem Einsatz steht? Da musst du doch auch die Ruhe bewahren?"

Sie fühlte, wie ihre Wangen erröteten. „Ich ... ähm, singe die Lieder von Broadway-Musicals in meinem Kopf."

Er lächelte. „Du magst Musicals."

„Ja. Und? Viele Leute mögen sie."

„Ich halte immer inne und nehme mir eine Sekunde Zeit, um die Gerüche einzuatmen. Essen, Vegetation, Parfüm. Das hilft mir, alles andere auszublenden und mich zu konzentrieren."

Sloan atmete tief ein. „Ich rieche dich." Ein würzig männlicher Geruch, gemischt mit dem Meer. Verdammt, ihre Nerven beruhigten sich tatsächlich ein wenig.

„Und ich rieche dein köstliches Shampoo. Das ist verdammt ablenkend."

„Ablenkend, hm?"

„Seit ich dich das erste Mal gesehen habe."

Sie lächelte ihn an. Ihre Nervosität war immer noch da, aber sie fühlte sich konzentrierter. Während sie neben ihm stand, warf sie einen Blick durchs Fenster und sah zu, wie sie sich ihrem Suchgebiet näherten.

„Wir sind da", erklärte er

Sloan lehnte sich vor. Es gab keine Hinweise auf andere Schiffe in der Nähe. Ihr Schultern entspannten sich.

Diego stellte die Motoren ab. „Bereit für einen Tauchgang?"

„Auf gehts."

Sie verfielen in die Routine, die sie am Vortag entwickelt hatten. Sie halfen einander in ihre Tauchausrüstung und waren bald wieder im Wasser. Dann tauchten sie ab und begaben sich zurück in das Gebiet, in dem sie den kleinen Smaragd gefunden hatten.

Diego wies sie in ein Suchraster ein. Während sie schwamm, versuchte sie sich vorzustellen, wie die Kapitänskajüte in ihrer Glanzzeit ausgesehen hatte. Ein griesgrämiger Mann, der hinter einem hölzernen Schreibtisch gesessen hatte, und sein Schiffsjunge, der emsig ein- und ausgewuselt war. Es war kaum zu glauben, dass jetzt so wenig davon übrig war – nur verrottete und mit Muscheln bewachsene Reste, die auf dem Meeresgrund ruhten.

Im Sand sah sie etwas aufschimmern und schwamm eilig darauf zu. Sie hob ein paar Steine auf, und ihr Herz klopfte wie wild. Sie hielt ein klobiges, goldenes Kreuz an einer dicken Kette hoch.

Es war atemberaubend, und sie wusste, dass es ein Vermögen wert war. Aber es war nicht der Smaragdschmetterling.

Hatte diese Kette vielleicht an der gleichen Stelle gelegen wie das verschollene Artefakt der Inka? Waren sie zusammen in der Achternburg eingeschlossen gewesen?

Diego erschien und schüttelte einen kleinen Netzbeutel aus. Er hielt ihn ihr hin, und sie steckte die Halskette vorsichtig hinein. Er schnallte ihn an ihren Gürtel.

Sie suchten weiter. Als Nächstes fand Diego einen goldenen Kelch, der matt im Wasser schimmerte.

Aber der Smaragd war immer noch verschollen.

Sloan hob den Kopf und suchte das azurblaue Wasser um sie herum ab. *Wo steckst du?*

„NUR NOCH EINEN TAUCHGANG", flehte Sloan, während sie sich daran machte, ihren nassen Neoprenanzug wieder anzuziehen.

Sie hatten im Wrack einige goldene Artefakte gefunden, und die wertvollen Stücke lagen jetzt alle sicher im Trockenlabor. Diego sah zum westlichen Horizont. Sie hatten noch ein wenig Zeit bis zum Sonnenuntergang, aber es wurde schnell dunkler.

„Wenn wir noch mal runtergehen, wird es dunkel, bevor wir zurück sind", meinte er.

Sie wackelte mit den Hüften, um in das Neopren zu gleiten, und sein Blick fiel auf ihren Körper.

„Dann machen wir schnell." Sie zwinkerte. „Dafür gewähre ich dir nachher ein paar nackte, sexuelle Gefälligkeiten."

Er legte den Kopf schief. „Agent McBride, versuchst du etwa, mich zu bestechen?"

„Ja", grinste sie.

„Okay, Deal. Aber ich darf mir die Gefälligkeiten aussuchen." *Dios,* er gab dieser Frau viel zu schnell nach. Mit Sloan zusammen zu sein, fühlte sich so gut an. Nein, mehr als das. Sie arbeiteten gut zusammen, ihre Anziehung war brennheiß und sie brachte ihn zum Lächeln.

Kopfschüttelnd zog er seine Ausrüstung an und half Sloan, ihre frisch gefüllten Tanks anzulegen. Nach einem schnellen Kuss ließen sie sich ins Wasser fallen.

Erneut schwammen sie zu ihrem Suchraster, und er behielt recht. Die Sicht nahm schnell ab.

Sie fanden noch ein paar Artefakte, hauptsächlich

Keramikscherben. Diego hielt eine alte Tonpfeife hoch und fragte sich, ob sie dem Kapitän der *Atocha* gehört hatte. Hatte er an ihr gezogen und darüber nachgedacht, wo das Schiff sie hinbringen würde? Wie hätte er ahnen können, dass ein Hurrikan sein Schiff und den Schatz an Bord zum Meeresgrund zwingen würde?

Diego sah zu seiner Taucheruhr. Ihnen blieb nicht mehr viel Zeit, bevor sie zur *Nymphe* zurückkehren mussten.

Er beobachtete, wie Sloan vorsichtig im Sand buddelte. Unmittelbar hinter ihr sah er eine Bewegung in der Dunkelheit und erstarrte. Der schlanke Schatten eines Hais glitt durchs Wasser. Glücklicherweise war es ein Riffhai. Er hasste Bullenhaie und wollten diesen auf keinen Fall begegnen. Aber als er den Riffhai näher kommen sah, erkannte er, dass dieser neugierig und ziemlich groß war.

Und wahrscheinlich hungrig.

Mit einer Flossenbewegung schwamm Diego näher an Sloan heran und zog seine Harpune von seinem Gürtel. Der Hai kam näher, und Diego stupste Sloan an. Er hielt seine Handfläche aufrecht vor sein Gesicht, was das Tauchzeichen für *Hai* war.

Sie erkannte es und nickte. Gerade, als sie sich wieder ihrer Suche zuwenden wollte, schoss der Hai abermals näher und stieß gegen sie.

Schnell drehte sie sich um und Diego hob seine Harpune an. Das Tier war ziemlich aggressiv, doch Sloan geriet weder in Panik noch floh sie. Im Gegenteil, sie schwamm ein wenig zurück und blieb ruhig. Ihre Flossen streiften den Sand und schickten eine Sandwolke nach oben.

Der Hai schnellte wieder vorwärts und Diego feuerte die Harpune ab. Sofort änderte der Riffhai seinen Kurs und verschwand im dämmrigen Licht.

Diego packte Sloans Arm. *Okay?*

Sie hielt ihre Hand hoch und signalisierte: *Okay*.

Dann sah sie nach unten und fing an, mit den Armen zu wedeln.

Zuerst machte er sich Sorgen, der Hai könnte sie doch verletzt haben, doch dann folgte er ihrem Finger und sah nach unten zum Meeresboden.

Ihre Flossen hatten eine Mulde im Sand ausgehoben, und mittig darin ruhte ein riesiger Smaragd.

Herr im Himmel, er war wirklich groß. Es war der Smaragdschmetterling.

Er winkte ihr zu und sie glitt zu dem Smaragd hinunter. Vorsichtig hob sie ihn auf und hielt ihn vor ihr Gesicht. Trotz der Tauchmaske, die sie trug, konnte Diego erkennen, dass es ein bewegender Moment für sie war.

Für Sloan war das Juwel nicht nur ein Schatz.

Mit großer Vorsicht öffnete er den Netzbeutel und sie legte den Smaragd hinein. Ohne noch mehr Zeit zu verschwenden, tauchten sie auf und stiegen zurück an Bord der *Sturmnymphe*.

„O Gott. O Gott." Sloan führte einen kleinen Freudentanz auf, zog Diego an sich und drückte ihm einen Kuss auf die Lippen. Sie holte den Smaragd aus dem Beutel und hielt ihn hoch. Er war groß und unregelmäßig geformt. Vage konnte er die Form eines Schmetterlings erkennen, das Tier, von dem er seinen Namen hatte.

„Grandpa wird das niemals glauben!" Sie presste das Juwel an ihre Brust. „Sein ganzes Leben lang hat er davon geträumt, ihn zu finden."

Diego legte einen Arm um ihre Schultern und drückte sie, bevor er sie in Richtung des Sonnenuntergangs drehte. Der ganze Horizont erstrahlte in einem hellen Gold, das sich zu einem wundervollen Orange verfärbte. Während sie dort standen, erkannte er, dass er es genoss, sie hier zu haben. Auf seinem Deck, in seiner Kombüse, wo sie sein Essen verbrannte, und in seinem Bett schlief.

Scheiße. Noch nie zuvor hatte er eine Frau in seinem Leben halten wollen. Aber Sloan – die kluge, taffe, sexy Sloan, die ihren Großvater so sehr liebte –, war einzigartig.

Sie hatte Diego gefangen, und aus ihrem Netz wollte er sich nicht mehr befreien.

Plötzlich lenkte etwas auf dem Wasser seine Aufmerksamkeit auf sich, und er riss seinen Kopf hoch.

Sloan spannte sich an. „Was ist los?"

Er sah die Umrisse der Schnellboote, die auf sie zurasten.

„Verdammt." Er packte Sloans Hand und zog sie zur Brücke, wobei sie zwei Stufen auf einmal nahmen.

Drinnen schnappte er sich sein Fernglas, hielt es hoch und sah genauer hin. Es waren fünf Boote, in denen jeweils vier Männer saßen. Er reichte das Fernglas an Sloan weiter.

Sie sah hindurch und ihr Gesichtsausdruck wurde ernst. „Die Seidenstraße."

Nickend drehte er sich um und warf die Motoren an. Schnell wendete er die *Sturmnymphe* und gewann an Fahrt.

Sloan legte ihre Hände auf die Konsole. „Sie sind schneller als wir."

Er nickte. „Mindestens doppelt so schnell, vielleicht sogar noch schneller."

Die Agentin ballte ihre Hände zu Fäusten. „Dann werden wir uns wohl ein Feuergefecht mit ihnen liefern müssen."

Dios, diese Frau. „Der Waffenschrank ist dort drüben." Er deutete zur anderen Wand. „Ich sage dir den Code."

Er rief ihr die Ziffern zu und beobachtete, wie sie den Schrank öffnete und seine Sammlung begutachtete.

Diego wandte sich der Konsole zu und tippte schnell eine Nachricht an Declan. Es schien, als würde Treasure Hunter Security dieses Mal zu spät kommen, um ihnen zu helfen.

Sloan nahm ein Gewehr aus dem Schrank und studierte es.

„Der Smaragd?", fragte er.

Langsam tippte sie auf ihre Tasche. „Sicher verstaut." Dann sah sie ihn entschlossen an. „Machen wir sie fertig."

KAPITEL SIEBEN

Diego konnte hören, wie Sloan auf die Boote feuerte, die auf sie zukamen. Er schaltete die Außenkameras ein und beobachtete, wie die Schnellboote ihnen nachjagten und immer mehr aufholten.

Sloan schoss erneut, und er sah, wie sich eines der Boote überschlug und die Männer ins Wasser fielen.

Die anderen vier Boote kamen jedoch immer noch näher.

Draußen erklangen Schritte, und die Agentin kam zu ihm. „Sie haben uns fast erreicht."

Er nickte und hielt die *Nymphe* an. Sie wurden langsamer, stoppten, und sein Blick glitt zu Sloan, die zum Waffenschrank gegangen war und ihr Gewehr gegen zwei Handfeuerwaffen austauschte. Gleichzeitig steckte sie sich zusätzliche Munition in die Taschen.

„Wie lautet der Plan?", fragte sie.

Diego nahm seine eigenen Waffen aus dem Schrank. „Wir erledigen so viele, wie wir können, und schnappen uns dann eins ihrer Boote."

Sie atmete schockiert ein. „Und die *Nymphe*?"

Es tat weh. Der Gedanke, sein Baby zurückzulassen, schmerzte unendlich.

Aber er musste Sloan in Sicherheit bringen. Das war ihm wichtiger.

„Sie wollen die *Nymphe* doch gar nicht. Ich hole sie später."

Sloan nickte und gemeinsam verließen sie geduckt die Brücke. Das Schiff war in Dunkelheit getaucht, als er sie aufs Deck und in eine schmale Nische zwischen den Ausrüstungsregalen führte. Dort hielten sie inne, verborgen im Schatten.

Bald hörten sie das Aufheulen der Motoren der Schnellboote. Das Geräusch erstarb, und Diego vernahm leise, flinke Bewegungen auf dem Deck.

Die Söldner der Seidenstraße waren an Bord.

Er nickte der Agentin zu, und nur wenige Sekunden später kamen zwei Gestalten in Sicht. Sie waren sich der Tatsache, dass Diego und Sloan sich hier versteckten, eindeutig nicht bewusst.

Diego hob eine Hand und wartete. Dann sprang er vorwärts und rammte seine Faust in den ersten Schatten. Aus dem Augenwinkel sah er, wie Sloan sich bückte und dem zweiten Mann die Beine wegtrat.

Sie verhielten sich leise, während sie die Männer überwältigten. Sloan drückte ihren Angreifer mit dem Gesicht zuerst aufs Deck und zog dann eine Rolle Klebeband und Kabelbinder aus ihren Taschen. Diego schüttelte den Kopf und unterdrückte ein Grinsen. *Dios,* sie war wirklich eine Nummer.

Nachdem sie die Knöchel und Handgelenke der

Männer gefesselt und ihre Münder mit Klebeband verschlossen hatten, zog Diego sie hinter einen Stapel Ausrüstung, damit sie nicht gefunden wurden.

Plötzlich hörte er Schritte auf dem Deck und Menschen eilten zu den Kabinen.

„Findet sie!", rief jemand.

Diego bedeutete Sloan, sich mit ihm weiter in die Schatten zurückzuziehen. Sie bewegte sich geschmeidig, konnte mit ihm mithalten, und blieb dabei sehr leise.

Sie näherten sich der Reling auf der Steuerbordseite des Schiffs und Diego warf einen schnellen Blick nach unten. Dort konnte er die vier Schnellboote sehen, die mit Seilen festgemacht waren. Es war niemand an Bord. Er nickte ihr zu. Ein Seil führte zur Reling, und er deutete darauf, damit sie hinunterkletterte.

Die Agentin steckte ihre Waffe in den Bund ihrer Shorts und stieg über die Reling. Gerade, als sie das Seil gepackt und nach unten zu klettern begonnen hatte, erschien ein großer Mann. „Hey!"

Diego warf sich gegen ihn. „Kletter weiter!"

Während er mit dem Mann kämpfte, glitt Sloan außer Sicht. Er biss die Zähne zusammen und wehrte sich gegen den Schläger der Seidenstraße. Verdammt, er war ein ziemlich großer Kerl. Diego rammte seine Faust in den Magen des Typen, packte ihn und warf ihn gegen die Reling. Es war ein unerbittlicher Kampf, und Diego bekam einen Ellbogen gegen die Brust, der ihm die Luft abschnürte.

Sein Gesicht verzog sich zu einer Grimasse, doch er gab nicht nach, sondern stieß gegen seinen Gegner und schaffte es, ihm einen Kinnhaken zu verpassen. Eine

Sekunde später traf sein Undercut seinen Widersacher in den Magen, und er stolperte rückwärts gegen die Reling.

Diego drehte sich um, sprang hinter ihn und legte einen Arm um seinen Hals. Dann zog er ihn mit aller Kraft zurück und übte dabei Druck auf die Luftröhre des Kerls aus.

Der Wichser wehrte sich entschlossen, verlor aber schnell das Bewusstsein. Diego hielt ihn erbittert fest und ignorierte den Schmerz, den die Treffer des Mannes verursachten. Schließlich fiel der Söldner reglos zu Boden.

Diego ließ von ihm ab. In der Nähe hörte er Rufe. *Scheiße.*

Schnell warf er einen Blick über die Reling und sah, dass Sloan es in eines der Schnellboote geschafft hatte. Sie warf den Motor an und winkte ihm zu. Ihm fehlte die Zeit, nach unten zu klettern, also stieg er kurzerhand auf die Reling, atmete tief ein und sprang.

Er landete im Boot, das daraufhin stark schwankte. Sloan drehte sich um und richtete ihre Waffe ruhig in Richtung *Nymphe*. Sie feuerte ein paar Mal und Diego konnte über ihnen Schreie und Flüche hören.

Danach drehte sie sich um und schoss auf die beiden Schnellboote, die ihnen am nächsten waren. Die Kugeln prallten von den Motoren ab. Seine kluge Frau versuchte, die Boote fahruntauglich zu machen.

Schnell schnappte er sich die Pinne ihres Motors. „Halte dich fest."

Die Agentin packte einen eingebauten Haltegriff und er gab Gas. Sie rasten vom Schiff weg.

Diego warf einen Blick zur *Nymphe* und ignorierte den scharfen Schmerz in seiner Brust. Er ließ gerade sein Schiff zurück, aber immerhin brachte er Sloan in Sicherheit. Aus dem Augenwinkel sah er, wie ein paar der Söldner der Seidenstraße in die anderen Schnellboote sprangen. Zwei von ihnen machten sich auf Aufholjagd.

Waffenfeuer erhellte die Nacht. „Halte dich weiter fest!"

Sloan nickte und machte sich klein. Er begann, das Boot zu schlenkern und wich aus. Sloan hob ihre Waffe und erwiderte das Feuer.

„Bleib unten!", rief er

Die Agentin winkte ab. Plötzlich stotterte ihr Motor und sie wurden langsamer. Verdammt. Sie hatten ihren Motor getroffen. Er funktionierte noch, aber er war beschädigt.

Die Boote der Seidenstraße kamen näher und ihre Suchlichter durchschnitten die dunkle Nacht. Diego wich weiter aus und schlängelte sich vor den beiden Booten her, während er zu verhindern versuchte, dass Sloan und er von Kugeln durchlöchert wurden.

Eines der Boote holte zu ihnen auf und fuhr neben sie. Diego hob seine Waffe und feuerte.

Plötzlich sprang ein Mann und landete in ihrem Boot. *Scheiße.* Der Söldner hing halb im Boot und halb draußen und klammerte sich an der Seitenwand fest.

Sloan trat zu ihm und schlug ihm mit dem Lauf der Pistole auf die Hand. Er brüllte sie an, doch sie bückte sich einfach, legte ihre Arme unter ihn und hob ihn an.

Mit einem Schrei fiel er über Bord.

„Du bist eine Teufelsbraut, Sloan McBride!", schrie Diego.

Sie grinste ihn an, aber als weitere Kugeln ihnen um die Ohren flogen, duckte sie sich erneut.

Plötzlich spürte Diego einen brennenden Schmerz in seinem linken Arm. Der Aufprall riss ihn von der Steuerung weg.

„Diego! Du wurdest getroffen."

Er verdrängte den Schmerz und blinzelte durch ihn hindurch. Als er in Sloans weißes Gesicht sah, wusste er, dass er blutete. *Verdammt noch mal.* Mit einer Hand strich er über seinen Bizeps, von dem Blut tropfte.

SLOAN ZOG IHR OBERTEIL AUS, sodass sie nur noch ihr Bikinitop trug. Beherzt drückte sie den Stoff auf Diegos Schulter und versuchte, ihren Magen zu beruhigen, der sich bereits zusammenzog. Glücklicherweise half ihr das Adrenalin, das durch ihre Adern raste, die Übelkeit in Schach zu halten.

„Diese Mistkerle haben auf dich geschossen", fluchte sie.

Die Seidenstraße musste aufgehalten werden. Ein für alle Mal.

„Ist nur ein Streifschuss. Alles gut."

„Da ist so viel Blut." Und sie versuchte, genau das zu ignorieren. Eine Sekunde lang dachte sie daran, wie Simon in diesem furchtbaren, drogenverseuchten Lagerhaus gestorben war. „Sie haben dich angeschossen. Diese verdammten Seidenstraße-Wichser." Sie würde Diego *auf keinen Fall* verlieren.

Wut flammte in ihr auf wie eine Eruption.

Diegos Lippen zuckten. „Ich wurde schon öfter angeschossen, Sloan. Das hier ist wirklich nur ein Streifschuss."

„Ist mir egal. Ich werde *jeden einzelnen* von diesen Pissern dafür festnehmen, dass sie meinen Mann verletzt haben."

Er übernahm wieder die Steuerung und das Boot schwenkte zur anderen Seite. Eines der Boote der Seidenstraße schoss an ihnen vorbei.

Diego sah sie an. „Deinen Mann?"

Sie legte den Kopf zurück. „Ja. Hast du ein Problem damit?"

Bei ihren Worten musste er lächeln. „Nein. Nein, habe ich nicht."

Die Agentin nickte und band schnell ihr Oberteil um seinen Arm. Dann drehte sie sich um, hob ihre Waffe an und schoss ein paar Mal auf das Boot, das ihnen am nächsten war.

In diesem Moment stotterte ihr Motor erneut.

Diegos Lächeln verblasste. „Verdammt, gleich ist er ganz tot!"

Sloan sah sich um, konnte jedoch nichts außer dem dunklen, weiten Meer sehen. Hilfe war nicht in Sicht.

Das Gewicht des Smaragdschmetterlings in ihrer Tasche fühlte sich plötzlich schwer an. Die Seidenstraße würde ihn an sich reißen und sie beide umbringen. Ihr Großvater würde ganz allein sterben.

Der Motor versagte endgültig und ihr Boot trieb zum Stillstand.

Verbittert lud Sloan ihre Pistolen nach. „Sie werden uns *nicht* umbringen."

Diego hob seine eigene Waffe an und zog sie näher zu sich.

Da der Motor jetzt nicht mehr in ihren Ohren dröhnte, konnte sie das gleichmäßige *Wup Wup* von Hubschrauberrotoren hören. Sie drehte sich um und sah die Lichter eines ankommenden Hubschraubers am Himmel. Ihr wurde flau im Magen. Verdammt, sie waren waffenmäßig und zahlenmäßig absolut unterlegen.

Die beiden Boote rasten auf sie zu und umkreisten sie. Diego zog sie für einen kurzen Kuss zu sich heran.

„Bereit zu kämpfen?", fragte er.

Sie atmete seinen nunmehr vertrauten Meeresgeruch ein. „Ich bin bereit."

Als das führende Boot näher kam, erkannte sie, dass die Söldner der Seidenstraße sie gemein angrinsten. Der Hubschrauber war fast über ihnen und sein helles Licht strahlte auf sie herab.

Sloan straffte die Schultern. Was auch immer geschah, sie würde kämpfen. Und sie würde es mit Diego an ihrer Seite tun. Sie war nicht allein.

Bäm!

Einer der Söldner zuckte zusammen und Blut spritzte in die Luft. Er fiel nach vorn ins Wasser.

Die Agentin erstarrte. *Was zur Hölle?*

Dann sah sie auf und erkannte Declan Ward, der mit einem Gewehr in der Hand in der Öffnung an der Seite des Hubschraubers kauerte.

Dec blickte in sein Zielfernrohr und schoss weiter. Zwei Gestalten sprangen aus dem Hubschrauber und seilten sich ab. Dank der Scheinwerfer konnte sie eine große, dunkelhaarige Frau und einen riesigen Mann mit zerzaustem Haar ausmachen, die das Feuer eröffneten, während sie an den Seilen nach unten glitten.

Diego stieß sie mit dem Ellbogen an und sie drehte sich um. Gemeinsam hoben sie ihre Waffen und schossen auf das nächste Boot. Schon bald waren alle Söldner darin erledigt.

Das andere Boot wendete und versuchte, zu entkommen. Es sauste davon, aber ein kleiner Gegenstand fiel aus dem Hubschrauber und platschte ins Wasser.

Eine Sekunde später explodierte die Granate direkt neben dem letzten Boot der Seidenstraße. Die gewaltige Wasserfontäne warf es in die Luft und sorgte dafür, dass es sich überschlug.

Dec salutierte in ihre Richtung, während der Hubschrauber über ihnen kreiste. Sie erkannte Cal Ward an der Steuerung und Darcy, die ihnen wie verrückt vom Sitz des Co-Piloten zuwinkte.

Diego legte einen Arm um Sloan, die sich gegen ihn lehnte und lachte. „Ich schulde dir immer noch einige sexuelle Gefälligkeiten, Torres."

Er drückte sie. „O ja, das stimmt, Agent McBride. Glaube bloß nicht, dass ich das vergessen werde."

Dann küsste er sie. Es war ein Kuss voller Gefühle, Aufregung, Adrenalin und dem Nervenkitzel des Überlebens. Aber Sloan fühlte noch andere Dinge in ihrem Innern. Dinge, die sie nicht benennen wollte, weil sie ihr Angst machten.

Doch dann bemerkte sie das Blut auf seinem Arm und bedeckte ihre Augen. „Vielleicht sollten wir erst mal diese Blutung stillen." Das Adrenalin des Kampfs schwand, und jetzt konnte sie das viele Rot nicht mehr ignorieren.

„Meine arme, empfindliche Sloan." Seine Lippen berührten ihren Scheitel. „Dein Geheimnis ist bei mir sicher, *Chiquita,* solange du mir versprichst, mich wieder gesund pflegen."

Sie schnaubte. „Ich dachte, die Kugel hat dich nur *gestreift,* Torres."

KAPITEL ACHT

Sloan stand an der Reling der *Sturmnymphe*, während Diego das Schiff sanft zu seinem Liege- platz im Hafen lenkte. Die Sonne war gerade aufgegan- gen, und die kalte, morgendliche Brise zerzauste ihr Haar.

Sie sah die blinkenden rot-blauen Lichter, die an den Docks warteten. Eine Menschenmenge hatte sich unten auf dem schwimmenden Steg versammelt.

„Da ist ja die Kavallerie."

Darcys Worte klangen leicht sarkastisch. Sloans Freundin stand dort und sah in ihrer engen, dunklen Jeans und einem dunkelblauen Oberteil sehr elegant aus. Ihr Haar war zu einem sauberen, glatten Bob geschnit- ten, der ihr Gesicht umrahmte.

Nachdem sie die Schnellboote der Seidenstraße ausgeschaltet hatten, hatten sie die *Sturmnymphe* zurückerobert. Sloan hatte sich gedanklich hinter die Ohren geschrieben, das THS-Team nie zu verärgern. Declans Leute waren knallhart, vor allem seine Sicherheitsspezialistin Morgan. Sloan war sich ziemlich sicher, dass sie einen kleinen *Girl Crush* für sie entwickelt hatte.

Der Hubschrauber stand auf dem Landeplatz im vorderen Bereich der *Nymphe,* und unten auf dem Hauptdeck kniete ein Dutzend Söldner der Seidenstraße, deren Hände und Füße gefesselt waren. Sie wurden von einem griesgrämig aussehenden Logan O'Connor bewacht.

Sloan sah zur Brücke hoch und konnte Diego durch das Fenster sehen. Er stand am Steuer, einen weißen Verband um den Arm. Die THS-Leute waren allesamt gute Sanitäter, und der hübsche Hale Carter hatte ihn zusammengeflickt.

Diego bemerkte, dass sie ihn ansah, und schürzte seine Lippen. Er zwinkerte ihr kurz zu.

„Ach herrje, du nicht auch noch", murmelte Darcy.

„Was?", fragte Sloan.

Darcy rollte ihre blau-grauen Augen. „Du bist dabei, dich zu verlieben."

Stimmte das? Sloans Herz hämmerte gegen ihre Rippen. *O Scheiße, ja.*

Ihre Freundin lächelte. „Aber ich muss zugeben, dass du Geschmack hast. Diego ist ein guter Mann und *wirklich* schön anzusehen."

Sloan zog die Augenbrauen hoch. „Hey, such dir deinen eigenen Mann, den du anstarren kannst."

In Darcys Gesicht blitzte etwas auf, bevor sie mit einer flüchtigen Handbewegung vor sich her wedelte. „Die guten sind alle vergeben."

Panik stieg in Sloans Brust auf. „Was, wenn es nicht

funktioniert?" Sie schluckte. „Darcy, jeder, den ich liebe, verlässt mich."

„Hey." Darcy legte einen Arm um sie. „Dass du deine Familie verloren hast und dein Grandpa krank ist, hat nichts mit dir zu tun. Das ist einfach nur Pech, Sloan. Ich habe noch nie eine mutigere, entschlossenere Frau kennengelernt. Du verdienst es, glücklich zu sein und einen guten Mann zu haben, der dich liebt. Und vergiss nie, dass ich dich auch liebe."

Sloan umarmte sie ebenfalls. „Ich liebe dich auch, Süße."

„In Beziehungen gibt es keine Garantien, aber ich bin mit meinen total verknallten Eltern aufgewachsen und habe meinen beiden Brüdern dabei zugesehen, wie sie sich verliebt haben. Und einigen unserer Freunde." Darcys Stimme wurde sanft. „Nach dem, was ich weiß, ist es das Risiko wirklich wert."

Sloans Blick glitt erneut zu Diego. Er stand mitten im Scheinwerferlicht, und allein sein Anblick brachte sie zum Lächeln. Ja, er war das Risiko definitiv wert.

Ihre Freundin wedelte mit ihrem Finger. „Jetzt lass mich einen Blick auf den Smaragd werfen."

Sloan suchte ihn in ihrer Tasche und hielt ihn hoch. Das morgendliche Sonnenlicht traf ihn und reflektierte ein strahlendes Grün.

„Wunderschön", meinte Darcy atemlos.

„Ich kann es gar nicht erwarten, ihn Grandpa zu zeigen."

Die andere Frau drückte ihren Arm. „Ich bin für dich da, Sloan. Egal, was du brauchst." Dann sah sie zu

Diego. „Und ich glaube, du hast noch jemanden gefunden, der künftig auf dich aufpassen wird."

Sloan war sich nicht sicher, was Diego wollte. Er hatte seine Familie und tiefere Beziehungen seit zwei Jahren gemieden. War er bereit für mehr? Wollte er sie bei sich haben? Empfand er dasselbe für sie wie sie für ihn?

Die Motoren der *Nymphe* erstarben, und eine Sekunde später strömten FBI-Agenten an Bord.

Ein dunkelhaariger Mann führte sie an. Alles an ihm wirkte finster. Dunkler Anzug, dunkle Sonnenbrille und ein ernster Gesichtsausdruck.

Okay, Sloan arbeitete jeden Tag mit Männern zusammen, die Anzüge und Holster trugen, aber selbst sie musste zugeben, dass dieser Mann so sexy war wie die Hölle heiß. Er gehörte nicht in die Kategorie *anständig und gut aussehend*, sondern in die Kategorie *leg dich nicht mit mir an*. Er war ein Mann, der wusste, wie er bekam, was er wollte.

Darcy stöhnte.

Sloan hob eine Augenbraue und erkannte, dass der Mann eindeutig auf Darcy fokussiert war. Er hielt inne, als er sie erreichte.

„Agent McBride, ich bin Special Agent Alastair Burke. Ich arbeite für die Abteilung Kunstraub des FBIs."

Das war der Mann, mit dem Darcy arbeitete. „Freut mich." Sie konnte ungefähr zehn unterschiedliche Gefühle über Darcys Gesicht huschen sehen. *Interessant.*

„Ihre letzten paar Tage waren ziemlich ereignis-reich", meinte Burke.

Sloan lächelte. „Ach, nur ein paar Kugeln, eine Bootsjagd, versuchter Mord und ein Smaragd der Inka, der Millionen Dollar wert ist. Nicht *so* geschäftig, aber der Tag ist ja noch jung."

Auf Burkes Gesicht flackerte der schwache Anflug eines Lächelns auf, bevor sich sein Blick wieder auf Darcy richtete. „Ich brauche dich wieder in DC."

Darcy stapfte mit ihrem Stiefel auf dem Deck auf. „Frag mich, Burke. Und zwar höflich. Echte Menschen haben Manieren."

„Ein Flugzeug wartet am Miami International."

„Burke –"

„Ich nehme dich mit." Er machte auf dem Absatz kehrt und ging weg, während er den Agenten, die sich um die Söldner der Seidenstraße kümmerten, Befehle erteilte.

Darcy stieß ein Geräusch aus, das halb ein Schrei und halb ein Knurren war. „Dieser Mann."

„Da wir schon von schön anzusehen geredet haben …"

Darcy hob eine Hand. „Nein. Er ist so verdammt arrogant."

Sloan schüttelte den Kopf. „Schlaf einfach mit ihm und bring es hinter dich."

„Was?" Ihrer Freundin fielen fast die Augen aus dem Kopf.

„Die sexuelle Spannung zwischen euch ist unüber-sehbar. So heiß. Ich brauche entweder eine Zigarette oder muss Diego noch mal in seine Kabine schleifen."

Darcy stöhnte. „Reib mir nicht deine Orgasmen unter die Nase." Mit einem düsteren Blick starrte sie auf Agent Burkes Rücken. „Und hier gibt es *keine* sexuelle Spannung. Einfach nur eine ganz normale *Ich-hasse-den-Typen*-Spannung."

Als ob er ihren Blick gespürt hätte, drehte Burke sich um und sah zu ihr zurück. Trotz seiner Sonnenbrille fühlte Sloan sich, als hätte er sie gerade verbrannt.

Sie verschränkte die Arme. „Ach echt?"

„Ja, echt." Darcy warf ihre Arme um sie und umarmte Sloan. „Ich muss los."

„Du wechselst das Thema."

„Darauf kannst du Gift nehmen. Pass auf dich und deinen Smaragd auf." Sie zwinkerte. „Und deinen starken Ex-SEAL."

Sloan erwiderte die Umarmung. „Danke, Darce. Für alles."

DARCY LEHNTE sich in dem weichen Ledersessel des Privatjets zurück und konzentrierte sich auf die Akte in ihrer Hand. Das beständige Vibrieren der Flugzeugmotoren hätte sie beruhigen sollen, aber sie war immer noch nervös.

Zum einen, weil sie Sloan und Diego gerade vor der Seidenstraße gerettet hatten, zum anderen wegen des Wortgefechts mit Agent *Arrogant-und-Nervtötend*, das sie den ganzen Weg bis zum Flughafen geführt hatte. Der Mann war *so* selbstherrlich und rechthaberisch.

Sie atmete tief ein, froh, dass es Sloan und Diego gut

ging. Das war verdammt knapp gewesen. Selbst jetzt erinnerte sie sich daran, wie sie im Hubschrauber gesessen und die Schnellboote und das Waffenfeuer gesehen hatte.

Ihre Hände umklammerten die Akte. Es war Zeit, dass die Seidenstraße für all die Menschen bezahlte, die sie verletzt und getötet hatte. Und für all die Artefakte, die sie gestohlen hatte.

Sie konnte spüren, dass Burke sie anstarrte. Sein Blick war wie ein Laserstrahl. Darcy ließ die Akte sinken. „Was?"

Grüne Augen bohrten sich in ihre. „Nichts."

Er hatte sein Jackett ausgezogen, als sie an Bord gegangen waren. Darunter trug er ein reinweißes Hemd und sein Holster. Knitterfalten hatten gegen Agent Alastair Burke keine Chance. Seine Pistole hing sicher unter seinem Arm.

Darcy räusperte sich. „Wir müssen noch einige Dinge vor der Ausstellung erledigen."

Er nickte. „Wir schaffen das, bevor sie eröffnet wird."

„Denkst du, der Plan wird funktionieren?"

„Ja."

Er war sich so sicher. Sie hatte Burke noch nie nervös oder unentschlossen erlebt. Natürlich gab sie es nicht gern zu, aber sie bewunderte sein Selbstvertrauen. Außer, wenn es arrogant wirkte, was oft der Fall war. Nicht zum ersten Mal fragte sie sich, was Burke antrieb und seiner Leidenschaft für seinen Job Feuer verlieh.

„Denkst du wirklich, dass der *Sammler* nach DC kommen wird?", fuhr sie fort. „Glaubst du ernsthaft, dass wir der Seidenstraße ein für alle Mal das Handwerk legen können?" Das wollte sie mehr als alles andere. Diese Gruppe hatte ihre Brüder und Freunde schon öfter angegriffen, als sie zählen konnte.

Burke lehnte sich vor und seine Beine streiften ihre. Sie nahm einen Hauch seines leckeren Parfüms wahr – Zitrone und Gewürze.

"Ja. Der *Sammler* wird kommen, weil du und ich ihm die perfekte Falle gestellt haben. Und dann werden wir ihn und seine Truppe von Dieben erledigen, weil ich mir immer den Mann schnappe, auf den ich es abgesehen habe." Burkes Blick glitt über ihr Gesicht. "Oder die Frau."

Eine Hitze breitete sich in Darcys Mitte aus. So viel Zeit mit Burke zu verbringen, machte es ihr wirklich schwer, weiter in *Darcys Welt der Illusionen* zu leben, wo sie einfach verleugnen konnte, wie sehr sie sich zu ihm hingezogen fühlte.

Dieser Mann verwirrte sie. Er forderte sie heraus, nervte sie und brachte sie gleichzeitig dazu, sich lebendig und außer Kontrolle zu fühlen. Das machte ihr eine Heidenangst.

Er stand auf und Darcy folgte schnell. Ihr Herz schlug kräftig und hämmernd. "Burke –"

Plötzlich gab es ein gedämpfte *Klonk* und das Flugzeug setzte zu einem steilen Sinkflug an.

Darcy verlor ihr Gleichgewicht und prallte gegen Burkes harte Brust. Ein starker Arm umschlang sie. Er fiel mit ihr auf einen Sitz und hielt sie fest.

"Anderson!", bellte Burke.

"Tut mir leid, Sir!", rief der Pilot mit angestrengter Stimme.

Die Motoren des Flugzeugs heulten auf, und als Darcy aus dem Fenster sah, keuchte sie. Sie konnte *Rauch* sehen. Ihre Finger umklammerten Burkes Hemd

„Sieht nach Sabotage aus!", rief Anderson ihnen zu. „Im Motor ist irgendetwas explodiert."

O Gott. O Gott. Darcys Herz schlug so schnell, dass sie das Gefühl hatte, es würde direkt aus ihrer Brust springen. Die Seidenstraße steckte dahinter. Es gab keine andere Erklärung.

Burke drückte sie in den Sitz neben sich und schnallte sie an.

„Alastair –"

Er riss seinen Kopf hoch und legte seine Hände auf ihre Wangen. „Ich werde nicht zulassen, dass dir etwas passiert, Darcy."

Sie sah in seine grünen Augen, nahm seine Stärke und Gewissheit in sich auf, und betete, dass er recht behielt.

***

„DANKE, Dec."

Declan Ward lächelte und schüttelte Diegos Hand. „Immer gern. Das weißt du doch."

Diego nickte. „Wenn ihr nicht zum richtigen Zeitpunkt aufgetaucht wärt …"

„Hey, ist doch alles gut gegangen. Bei THS sind wir darauf spezialisiert, genau im richtigen Moment zu erscheinen."

Diegos Augen glitten zu Sloan, die bei Morgan, Logan und Hale stand und mit ihnen lachte. Sie war am Leben, und der Klang ihres Lachens erfüllte ihn.

„Es geht dir gut." Dec klopfte ihm mit einer Hand auf die Schulter. „Und Mrs. *Unendlich-sexy* und *Ich-gebe-hier-den-Ton-an*-Sloan geht es auch gut."

Diego drehte den Kopf und sah seinen Freund finster an. „Hey, dass sie sexy ist, brauchst du gar nicht zu bemerken."

Dec lachte schallend. „Meine Sehkraft ist immer noch bei 100 Prozent, Kumpel. Aber reg dich nicht auf, ich bin ein glücklich verheirateter Mann, schon vergessen? Sie ist wunderschön, klug und wie es aussieht, steht sie auf dich. Du bist echt ein Glückspilz."

Diego bemerkte, dass Sloan in seine Richtung sah und lächelte. „Sie ist ..." Er konnte seine Gefühle nicht in Worte fassen.

Da sie sich in einer gefährlichen Schatzsuche verloren hatten, hatten sie keine Chance gehabt, darüber zu reden, was zwischen ihnen passiert war. Oder was die Zukunft für sie bereithalten könnte.

Dec klopfte ihm beherzt auf den Rücken. „Ich weiß genau, wie du dich fühlst, Diego. Das Gleiche empfinde ich jedes Mal, wenn ich Layne ansehe. Und da ich gerade von ihr spreche, mein Team und ich werden uns jetzt auf den Weg zu unserem Flugzeug machen. Ich möchte meine Frau unbedingt wiedersehen."

„Fliegt ihr nicht zurück nach DC?"

„Darcy hat das unter Kontrolle. Ich fliege wieder hin, wenn die Ausstellung eröffnet wird."

„Du glaubst wirklich, dass du den *Sammler* schnappen und die Seidenstraße zerschlagen kannst."

Ein entschlossener Blick legte sich in Decs Augen. „O ja. Ich werde seinen Arsch festnageln." Der Mann ergriff Diegos Hand und schüttelte sie. „Wir sehen uns."

„Danke noch mal, Dec."

Diego bemerkte, dass Sloan jetzt ihr Handy in der Hand hielt und zur Brücke ging. Endlich war sein Schiff menschenleer.

Er tippte auf die Konsole. Es waren keine bösen Jungs oder FBI-Agenten mehr an Bord. Sloan erschien auf der Brücke, ihre Arme um ihre Körpermitte geschlungen.

„Du hast mit deinem Grandpa gesprochen", meinte er.

Sie nickte. „Er freut sich so sehr auf den Smaragd." Ihr Lächeln verschwand. „Aber er klang müde. Ich muss einen Flug nach Denver buchen, um ihn zu besuchen und ihm den Schmetterling zu zeigen."

Jeder Muskel in Diegos Körper spannte sich an. Der Gedanke, dass sie ihn verlassen würde ...

Sloan strich sich eine Haarsträhne hinters Ohr und beobachtete ihn. „Du kannst jetzt deinen Urlaub fortsetzen."

Diego trat auf sie zu.

Die Agentin bewegte sich nicht, aber sie leckte über ihre Lippen. „Ich schätze, ich werde auch bald wieder bei der Arbeit auftauchen müssen."

Er packte sie. „Du gehst nirgendwohin."

Sie hob eine Augenbraue. „Ach nein?"

„Du schuldest mir noch sexuelle Gefälligkeiten."

„Ist das alles, was du von mir willst?"

„Nein." Er küsste sie leidenschaftlich, als ob er alles,

was er empfand, mit diesem Kuss zum Ausdruck bringen könnte. Dann zog er sich zurück. Sie keuchten beide.

„Ich will alles, Sloan. Ich will deine Klamotten in meiner Kabine haben, und meine in deiner Wohnung. Ich möchte meiner Mama dabei zusehen, wie sie dir erklärt, dass sie dich armes dünnes Ding aufpäppeln muss. Ich will mit dir nach Denver fliegen und deinen Grandpa kennenlernen."

Ihr Gesichtsausdruck wurde weicher. „Wirklich?"

„Ja. Ich will deinen Körper, und –" Er atmete tief ein. „Ich bin mir ziemlich sicher, dass ich auch dein Herz will."

„Diego." Die Frau streckte sich auf ihre Zehenspitzen und legte ihre Stirn gegen seine. „Das will ich auch."

Leise sagte er: „Es würde mir auch gut gefallen, wenn du gelegentlich deine Handschellen mit nach Hause bringen würdest."

Bei diesen Worten schenkte sie ihm ein Lächeln. „Was würde deine Mama dazu sagen?"

„Ich wollte es ihr nicht erzählen, aber solange du mich glücklich machst und die Möglichkeit besteht, dass du ihr eines Tages Enkelkinder schenkst, wird es sie nicht interessieren." Sloans Lachen erwärmte seine Brust. „Ich will deine Familie sein, *Chiquita,* und ich will meine mit dir teilen. In letzter Zeit habe ich sie nicht sonderlich gut behandelt, daher muss ich einiges wiedergutmachen."

Ihre Augen glitzerten. „Dabei kann ich dir helfen. Aber jetzt hör auf zu reden und küss mich, Torres."

Er zog sie an sich. „Mit Vergnügen, Agent McBride.

Um noch mal zu den sexuellen Gefälligkeiten zurück-
zukommen ..."

Ich hoffe, dir hat die Geschichte von Oliver und
Persephone, und Diego und Sloan gefallen!

Die Serie rund um das Team von Treasure Hunter Security geht mit Verlorene Diamanten weiter - kommt bald.
In diesem Band lernst du Darcy Ward und Alastair
Burke. **Lies weiter und erhalte einen Vorge-
schmack auf das erste Kapitel.**

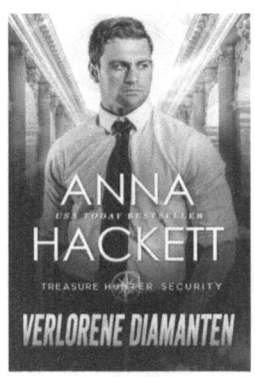

Verpasse nichts! Für Informationen über
Neuerscheinungen, kostenlose Bücher und andere
Geschenke, melde dich für meine VIP-Mailingliste an
und erhalte deine kostenlose Bücherbox, bestehend aus
drei englischen Liebesromanen, in denen es auch an
Action nicht fehlt.

Hier klicken und anmelden: www.annahackett.com

Would you like
a FREE BOX SET
of my books?

VORGESCHMACK: VERLORENE DIAMANTEN

Darcy Ward hatte einen wirklich schlechten Tag.

Während das Flugzeug, in dem sie gerade saß, auf den Boden zustürzte, fragte sie sich angespannt, welchen Gott sie derart verärgert hatte, um das zu verdienen. Dabei umklammerte sie die Armlehnen ihres Sitzes so krampfhaft, dass ihre Knöchel weiß wurden. Sie sollte fröhlich und sanft durch die Lüfte zurück nach Washington D.C. gleiten, aber nein, stattdessen würde sie einen furchtbaren Flammentod sterben.

So sollte Karma *nicht* funktionieren. Sie rümpfte die Nase und dachte daran, dass sie heute Morgen erst dabei geholfen hatte, ihre beste Freundin Sloan und deren neuen, heißen Freund aus den Fängen einiger gefährlicher Leute zu befreien. Das Flugzeug ruckte und warf Darcy gegen ihren Sitz.

Diese verdammte Seidenstraße. Die Schwarzmarkt-Antiquitätendiebe, die Sloan verfolgt hatten – übrigens die gleichen, denen Darcy derzeit in Washington eine Falle stellte – hatten eindeutig beschlossen, Rache zu üben.

Sie sah aus dem Fenster. Rauch kam aus einem der Triebwerke des Privatjets. Das Flugzeug sackte erneut nach unten, und ihr Magen drehte sich um. Schnell warf sie einen Blick zum Cockpit.

Special Agent Alastair Burkes breites Kreuz blockierte ihr die Sicht, während er den Piloten Befehle zubrüllte.

Okay, wenn sie schon sterben musste, war es wahrscheinlich nicht der schlechteste Tod, dabei auf Agent *Arrogant-und-Nervtötends* straffen Arsch in der schwarzen Anzughose zu blicken.

Das Flugzeug sackte erneut ab, und sie versuchte, den Kloß in ihrer Kehle hinunterzuschlucken. Sie wollte nicht sterben. Darcy liebte ihre Eltern, ihre Brüder und ihre Freunde. Und natürlich das Unternehmen, das sie gemeinsam führten – Treasure Hunter Security. Gut, ihr Job bestand hauptsächlich darin, ehemalige Navy SEALs, die jetzt als taffe Sicherheitsexperten arbeiteten, herumzukommandieren. Aber das war ein Teil ihres Lebens, und sie liebte es.

Außerdem gab es noch so viele Dinge, die sie erleben wollte. Sie wollte sich verlieben und der Mittelpunkt im Leben eines Mannes sein. Tatsächlich wollte sie die gleiche Liebe erleben, die ihre Eltern ihr jeden Tag vorlebten.

Scheiß Seidenstraße. Diese Gruppe war schon seit einer Weile ihr größtes Ärgernis – na ja, ihr zweitgrößtes, direkt hinter dem rechthaberischen, *manchmal-Verbündeten-aber-immer-eine-absolute-Nervensäge* FBI-Agenten.

„Burke!", rief sie. Darcy würde hier nicht wie eine Jungfrau in Nöten herumsitzen, während sie Gefahr liefen, am Boden zu zerschellen.

„Ruhe!", bellte er zurück.

Er hatte seine Anzugjacke ausgezogen und stand nur noch in seinem engen, weißen Hemd und dem Schulterholster da. Verdammt sollte er sein, weil er so furchtbar heiß aussah, während sie dem Tode geweiht waren.

„Bringt das Flugzeug wieder ins Gleichgewicht", knurrte er die Piloten an. „Sofort!"

„Die Explosion hat die Systeme lahmgelegt", erwiderte einer der Piloten. „Wir haben zwar noch Saft, aber die Maschine reagiert nicht."

„Verdammt", murmelte Burke.

Das reicht. Darcys Plan beinhaltete nicht, in tausend eklige Stücke zerschmettert zu werden, daher schnallte sie sich ab und packte ihr Tablet.

Schnell trat sie ihre Schuhe von ihren Füßen und stolperte durch den Gang. Das Flugzeug neigte sich in einem wahnsinnigen Winkel, bevor es plötzlich wie ein

Wildpferd bockte, und sie verlor das Gleichgewicht und stürzte ins Cockpit.

Sofort fingen starke Arme sie auf, und sie neigte ihren Kopf nach oben. Alastair Burke war nicht im klassischen Sinne attraktiv, aber es gab einige andere Worte, mit denen sie ihn beschreiben würde: hart, konzentriert, schroff, intensiv.

Er sah sie aus grünen Augen an, die ernsthaft angepisst wirkten, und ihr Blick fiel auf seinen markanten Kiefer und seine Bartstoppeln. Obwohl es früh am Morgen war, zeigte sich bereits ein leichter Schatten.

„Ich habe doch gesagt, du sollst angeschnallt bleiben."

Gott, war der Mann herrisch. „Und ich habe nicht auf dich gehört. Mal wieder. Überraschung!" Sie sah zur Konsole. Herrje, mit all den Schaltern sah sie aus wie etwas, das man eher in einem Raumschiff finden würde. „Ich dachte, ich könnte vielleicht helfen."

„Weißt du irgendwas darüber, wie man ein beschädigtes Flugzeug fliegt?", fragte Burke sarkastisch.

„Nein." Sie hielt ihr Tablet hoch. „Aber ich bin ein Genie, wenn es um Elektronik jeglicher Art geht, weißt du noch? Immerhin habe ich dein ach so tolles Sicherheitssystem gehackt, oder etwa nicht?"

Er funkelte sie an. „Und ich im Gegenzug deins."

Darcy schaffte es geradeso, den Drang zu unterdrücken, ihre Zunge herauszustrecken. Daran wollte sie sich lieber *nicht* erinnern. Sie sah zu den gestressten Piloten. „Was ist los?"

Der Pilot warf einen Blick zu Burke, bevor er antwortete: „Die Konsole hat noch Saft, aber die Steuerung reagiert nicht."

„Startet sie neu", schlug Burke vor.

Der Co-Pilot schüttelte den Kopf. „Das würde zu lange dauern. Bis sie wieder hochfährt, sind wir schon auf dem Boden aufgeschlagen."

Darcy bückte sich zwischen den Pilotensitzen auf die Knie. „Lasst mich mal sehen, was ich tun kann."

Schnell steckte sie ihr Tablet an und blendete das hektische Gespräch der Piloten mit einem Tower irgendwo aus, genauso wie das Heulen der Triebwerke, das Ruckeln des Flugzeugs und Burkes nerviges, aber dennoch verlockendes Rasierwasser.

Sofort tippte sie auf ihren Bildschirm, scrollte und las den Text. *Aha.* Es gab also einen Shortcut, mit dem man das System schneller neu starten konnte. Flink tippte sie ein paar Befehle ein.

„Darcy, geh zurück zu deinem Platz", befahl Burke.

„Warte kurz –"

Eine Hand packte ihren Arm. „Ich will, dass du am sichersten Ort im Flugzeug bist, wenn wir abstürzen."

Ihr Magen zog sich zusammen, während sie zu ihm aufsah. „Tatsächlich wäre es mir lieber, wenn wir einfach *gar nicht* abstürzen würden. Sieh doch!"

Alle Lichter der Konsole blinkten auf, und die Piloten keuchten.

„Sie hat es geschafft!", rief einer der Piloten.

Die beiden Männer legten los, arbeiteten hektisch zusammen und schrien einander Befehle zu.

Burke riss Darcy auf die Beine und zerrte sie den Gang zwischen den breiten Sitzen entlang.

Das Flugzeug gewann sein Gleichgewicht zurück, und sie grinste ihn an. „Die Worte, nach denen du suchst, lauten: *Danke Darcy. Du bist umwerfend.*"

Er starrte sie einfach nur an, und sie legte den Kopf schief. Ein Muskel in seinem Kiefer zuckte. Tatsächlich strahlte er irgendetwas aus, aber sie konnte es nicht genau zuordnen.

„Burke –?"

Plötzlich packte er sie und riss sie zu sich. Darcy stieß gegen seine harte Brust, die – ja, wirklich so muskulös war, wie sie es sich in ihren streng geheimen, nächtlichen Fantasien vorgestellt hatte, von denen sie niemals einer Menschenseele erzählen würde.

Im nächsten Moment presste er seinen Mund auf ihren.

Oh. *Oh.*

Seine Lippen waren straff und der Kuss fordernd, heiß und herrisch. Genauso hatte sie sich das in ihren Träumen, die sie niemals jemandem gestehen würde, ausgemalt.

Ihre intensive, flammendheiße Lust schoss direkt zwischen ihre Beine.

Darcys Tablet glitt aus ihren Fingern und fiel mit einem *Klonk* auf den Teppichboden. Mit ihrer Hand fuhr sie durch Burkes Haar und ein hungriger Ton entwich ihrer Kehle. Sein braunes Haar war herrlich seidig. Sie erwiderte den Kuss mit all der Leidenschaft, die sie in sich verbarg.

Ehe sie sich versah, kletterte sie halb auf ihn und presste ihren Körper gegen seinen, während er sie stürmisch küsste.

Dann riss er seinen Kopf zurück, und sie starrten sich eine Sekunde lang an.

„Danke, Darcy. Du bist umwerfend." Mit diesen Worten schob er sie praktischerweise zurück auf ihren Sitz, denn ihre Knie versagten ihr den Dienst. Atemlos ließ sie sich auf ihren Platz fallen.

Burkes Hände lagen auf den Armlehnen und hielten sie gefangen. Langsam neigte er seinen Kopf nach unten, bis sein Gesicht nur noch wenige Zentimeter von ihrem entfernt war. „Jetzt schnall dich an. Wir landen bald."

Sie nickte.

„Ich schätze, ich habe endlich einen Weg gefunden, dich dazu zu bringen, das zu tun, was ich will."

Während er zurück ins Cockpit ging, hob Darcy eine Hand und berührte ihre geschwollenen Lippen. Wow, dieser Tag hatte gerade einen Abstecher auf die Insel des Wahnsinns unternommen. Ein Teil von ihr genoss den Anblick von Burkes zerzaustem Haar, das normalerweise immer perfekt gestylt war.

Sie schnallte sich an und atmete zitternd aus, bevor sie ihren Kopf zum Fenster drehte und hinaussah. Erfreut stellte sie fest, dass der Boden zwar deutlich näher gekommen war, aber sie nicht mehr direkt darauf zustürzten.

Obwohl ihr Körper immer noch kribbelte, entschied Darcy, dass sie sich in Darcys *Land des fröhlichen Leugnens* zurückziehen würde. Dort gab es weder böse Jungs noch Flugzeugabstürze, und vor allem keine sexy, nervigen FBI-Agenten, die eine Frau besinnungslos küssen konnten.

Darcy nahm einen Schluck von ihrem Vanille-Latte und lächelte. Kaffee war der Nektar der Götter, und sie war verdammt froh darüber, dass sie noch am Leben war und ihn genießen konnte.

Ihre Absätze klapperten auf den cremefarbenen Travertinfliesen, während sie die höhlenartige Lobby durchquerte. Sie liebte das Dashwood Museum.

Schnell nickte sie dem Wachpersonal zu und trat in die Haupthalle. Glänzende Holzwände schenkten dem Ort ein Gefühl von Wärme und uralter Geschichte, und Marmorsäulen schimmerten im Licht. Der Raum war natürlich voll mit Kunst. Sie ließ ihren Blick hindurchschweifen und betrachtete die prächtigen Gemälde, Skulpturen und Artefakte.

In der umwerfenden Lobby fand in weniger als einer Woche die Eröffnung einer unbezahlbaren Ausstellung statt. Es handelte sich um die Privatsammlung eines Dashwood-Spenders, der ein umfangreiches Sortiment an erstaunlichen und uralten Artefakten besaß.

Sie nippte erneut an ihrem Kaffee und genoss den Koffeinkick. Darcy hatte nur wenige Schwächen: Klamotten, Schuhe, teure Computerteile und Koffein. Für keine davon würde sie sich je entschuldigen.

Schließlich erinnerte sie sich noch mit schmerzhafter Genauigkeit daran, wie es sich angefühlt hatte, schüchtern und langweilig zu sein. Als sie ins Teenageralter gekommen war, hatte sie festgestellt, dass sie zwei unglaublich talentierte, überlebensgroße Elternteile hatte und zwei taffe, athletische, genauso herausragende

Brüder. Im Gegensatz dazu war sie klein und computer-vernarrt gewesen. Deswegen war es ihr schwergefallen, mit ihrer Familie mitzuhalten.

Aber das Leben war zu kurz, um sich für das, was man liebte, zu entschuldigen, oder sich selbst kleinzureden. Daher hatte sie gelernt, sich selbst zu lieben.

Am gestrigen Tag, als das Flugzeug fast abgestürzt war, hatte sie befürchtet, nie wieder einen Latte trinken zu können. Deswegen hatte sie heute ein großes Frühstück zu sich genommen und trank jetzt schon den zweiten Kaffee des Tages. Darcys Einstellung war es derzeit, alles in vollen Zügen zu genießen. Sobald sie wieder in Denver war, würde sie einen Plan schmieden, um verdammt noch mal endlich die Liebe ihres Lebens zu finden. Das Ziel war klar: Weniger arbeiten, mehr daten.

Das bedeutete jedoch nicht, dass sie vergessen hatte, dass sie gerade noch einen Job erledigen musste.

Darcy arbeitete mit Eifer daran, die Seidenstraße zu Fall zu bringen. Am besten in lodernden Flammen, wie die Ganoven es mit ihr versucht hatten.

Die große abendliche Eröffnungsgala würde das *Who-is-who* der Elite von Washington anziehen. Und die Juwelen, die die Seidenstraße und ihren mysteriösen Anführer, den *Sammler* herlocken sollten, würden direkt auf dem Präsentierteller liegen. Ein elektrisierendes Gefühl der Aufregung schoss durch sie hindurch. Die Juwelen waren die perfekten Köder.

Drei verfluchte Diamanten.

Vorher musste sie jedoch ihre Arbeit zu Ende bringen.

Sie hob ihr Tablet hoch und sah sich den Sicherheitsfeed an. Danach reckte sie ihren Kopf nach oben und konzentrierte sich auf die Positionen der versteckten Kameras an der Decke. Einige Anpassungen waren noch notwendig. Als sie erneut den Bildschirm betrachtete, merkte sie sich alle Blickpunkte und toten Winkel. Glücklicherweise waren so früh am Morgen kaum Museumsbesucher anwesend. Die meisten Menschen eilten zur Arbeit, und die Touristen wachten gerade erst auf und starteten langsam in den Tag.

Aus der Lobby ertönte eine tiefe, donnernde Stimme, und Darcys Magen zog sich zusammen. Diese Stimme kannte sie.

Sie hatte sie letzte Nacht in ihren Träumen heimgesucht.

Eigentlich versuchte sie weiterhin, in Darcys *Land des fröhlichen Leugnens* zu verweilen, aber dieser Mann machte ihr das verdammt schwer. Nach dem Zwischenfall im Flieger gestern war Burke damit beschäftigt gewesen, das alles mit den Verantwortlichen durchzugehen. Nachdem sie in Washington gelandet waren, hatte er ihr befohlen, sich den restlichen Tag freizunehmen. Darcy rümpfte die Nase. Er hatte sie nicht darum gebeten oder ihr den Vorschlag unterbreitet, nein, er hatte es ihr einfach so befohlen. Manchmal fragte sie sich, ob er in Wahrheit ein Roboter war.

Auf jeden Fall hatte Darcy sich entschieden, shoppen zu gehen und einige Dollar für wundervolle Unterwäsche ausgegeben, die sie zwar nicht brauchte, ihr aber gefiel. Das Erlebnis war nicht ganz so entspannend gewesen, wie sie es sich gewünscht hatte, da sie die ganze

Zeit von einem FBI-Agenten beschattet worden war. Eine Tatsache, über die man sie vorher *nicht* in Kenntnis gesetzt hatte.

Heimlich warf sie einen Blick um die Ecke und erblickte Burkes Rücken. Ein dunkler Anzug bedeckte seinen machtvollen, muskulösen Körper. Sofort konnte sie nur noch an den atemberaubenden Kuss denken.

Nein. Darcy senkte den Blick. Sie würde nicht weiter darüber nachdenken. Auf keinen Fall. Der Mann konnte vielleicht küssen wie ein Gott, aber er trieb sie auch in den Wahnsinn wie der Teufel.

Außerdem war wohl eindeutig, dass Alastair Burke für seinen Job lebte. Das Dasein als FBI-Agent lag ihm im Blut. Sie hatte gesehen, wie zielstrebig er sich darauf konzentrierte, die Seidenstraße zu zerschlagen. Tatsächlich hatte sie noch nie einen intensiveren, ehrgeizigeren Mann kennengelernt.

Er war viel zu sehr in seine Kontrolle vernarrt, als dass er sich jemals verlieben würde, und er war auf keinen Fall der Typ Mann, der eine Frau zum Zentrum seines Universums machen würde.

Mach einfach deinen Job, Darce. Sie sah erneut zu den Kameras und versuchte, Burkes straffe Lippen und leidenschaftliche Küsse aus ihren Gedanken zu verdrängen. Plötzlich spürte sie, dass jemand sie beobachtete, und sah auf.

Ein Geschäftsmann stand in der Nähe und musterte sie eindringlich. Er war vermutlich ein paar Jahre jünger als sie und hatte ein hübsches Gesicht, blondes Haar und trug einen gut geschnittenen Anzug. Als er merkte, dass sie ihn anschaute, lächelte er und nickte.

Hm, nicht von schlechten Eltern. Sie lächelte zurück.

Hinter Mr. Lecker stand eine Frau mit zwei gelangweilt aussehenden Kindern im Schlepptau. Sie versuchte, sie für ein Gemälde von Rembrandt zu begeistern.

Auf einmal schallte lautes Lachen durch die Halle. Darcy drehte ihren Kopf und sah zwei junge Männer, jünger als der Geschäftsmann – im Collegealter, gut aussehend und sich dieser Tatsache sehr wohl bewusst. Ihr dichtes Haar war aufwendig gestylt und sie trugen trendige Jeans und Poloshirts.

Die beiden versuchten so zu tun, als würden sie nicht die hübsche Skulptur anstarren, die auf einem Podest thronte. Es handelte sich um eine aus Bronze gefertigte junge, nackte Frau, die ihren Rücken wölbte und deren Haar herabhing. Darcy sah wieder auf ihr Tablet und balancierte ihren Latte, während sie tippte. Sie fand die richtige Kamera und zoomte die beiden jungen Männer heran.

Beide hatten das Wort *Schwierigkeiten* praktisch auf die Stirn tätowiert.

Erneut sah sie zu ihnen hinüber, wobei ihr einer der beiden ins Auge fiel. Eine Locke seines hellblonden Haars fiel über seine blauen Augen und er nahm sich Zeit, Darcy von oben bis unten zu begutachten, bevor er ihr ein breites Grinsen schenkte. Darcy schaffte es gerade noch, nicht die Augen zu verdrehen.

Der Mann, der im Herzen bestimmt noch ein kleiner Junge war, schlenderte zu ihr. „Hallo."

„Hi." Mit Glück war er vielleicht zwanzig Jahre alt,

und außerdem wirkte er verwöhnt und weich. „Gefällt dir das Museum?"

Seine Augen klebten an ihren engen Jeans und ihrem rosa Pullover, bevor sie zu ihren Brüsten wanderten. „O ja."

Ach, bitte! „Du bist also ein Kunstliebhaber?"

„Ich mag schöne Dinge", antwortete er lässig.

Gott, der Typ musste dringend an seinen Anmachsprüchen arbeiten. Sie sah, wie sich Mr. Lässigs Kumpel der Skulptur näherte.

„Hast du von der großen Ausstellung gehört, die bald stattfindet?", fragte Mr. Lässig.

„Ja, habe ich mitbekommen."

Er lehnte sich näher zu ihr. „Ich habe gehört, dass hier alle damit beschäftigt sind, sich auf die Ausstellung der verfluchten Diamanten vorzubereiten."

„Das habe ich auch gehört." Auf ihrem Tablet erschien eine kleine Meldung, die sie darüber informierte, dass jemand ein Störsignal aktiviert hatte, um die Kameraübertragung zu blockieren. Tatsächlich war es ein ziemlich hartnäckiges Störsignal. Sie tippte auf ihren Bildschirm und deaktivierte es.

„Bist du Studentin?", fragte Mr. Lässig und nickte zu ihrem Tablet.

„Nun, ich mache mir Notizen." Sie hatte bereits heimlich Fotos von den Gesichtern der beiden Jungs geschossen und sie durch das Gesichtserkennungssystem des Museums laufen lassen. Jeder, der das Museum betrat und ein Ticket kaufte, wurde dort gespeichert.

Mr. Lässig senkte seine Stimme. „Weißt du, wie umwerfend du bist?"

Jetzt musste Darcy lachen. „Funktioniert so ein Spruch tatsächlich im echten Leben, Süßer?"

Er blinzelte und wirkte ziemlich beleidigt. „Klar, immer."

„Bei hübschen Studentinnen, die noch nicht genug Erfahrung gesammelt haben, vielleicht."

Mr. Lässig warf ihr einen bösen Blick zu. „Ich bin ein echter Hauptgewinn, Babe."

„Ja, klar."

In diesem Moment schnappte sich sein Freund die Skulptur vom Podest. Ein Alarm heulte auf, und sofort senkten sich die Gitter und verschlossen die Ausgänge. Beide Männer erstarrten und wirkten geschockt.

Die Frau neben ihnen stieß einen Schrei aus und zog ihre Kinder näher zu sich heran. Der Geschäftsmann beobachtete die Szene mit einem Stirnrunzeln.

„Ich habe dein Störsignal deaktiviert", erklärte Darcy Mr. Lässig. „Wahrscheinlich warst du dir der ganzen Sicherheitsupgrades nicht bewusst, die wir installiert haben." Sie sah auf ihr Tablet und las die Benachrichtigungen der Gesichtserkennungssoftware. „Du hättest dich besser informieren sollen, Patrick."

Mr. Lässig atmete tief ein. „Wie ...? Sie meinten ..."

„Pat!" Sein Freund stand immer noch an Ort und Stelle, die Skulptur in den Händen.

„Du solltest die besser wieder hinstellen, James." Darcy tippte erneut und öffnete das Sicherheitsgitter, das aus der Lobby führte. „Ihr werdet nämlich gleich festgenommen."

Patrick spannte sich an und fuhr sich mit einer Hand durch sein zerzaustes Haar. Er schob sein Kinn nach vorn. „Die Anwälte meiner Eltern werden mich im Handumdrehen wieder rausholen. Du hast ja keine Ahnung, wer ich bin."

Darcy schüttelte den Kopf, senkte ihr Tablet und hielt ihm die Bilder vor die Nase, die James dabei zeigten, wie er sich die Skulptur unter den Nagel riss.

„Ich habe alles auf Video." Sie legte den Kopf schief. „Das Foto wird dir nicht ganz gerecht, Patrick, aber auf Instagram wird es trotzdem wie eine Bombe einschlagen."

„Schlampe!"

Patrick sprang nach vorn, doch Darcy wich zurück und streckte ihren Fuß aus. Er fiel darüber und direkt auf sein Gesicht, sodass sie ihm mühelos ihren hohen Absatz in den Rücken rammen konnte.

Doch dann eilte James zu ihr, um seinen Freund zu verteidigen. Darcy spannte sich an. *Scheiße.*

Plötzlich packte Burke den Möchtegerndieb, drehte ihn herum und schleuderte ihn gegen eine Säule. Der Junge jaulte auf, und Burke legte ihm innerhalb von zwei Sekunden Handschellen an.

Patrick rappelte sich wieder auf, und Darcy trat zurück. Sie war sich ziemlich sicher, dass er jetzt einen Abdruck ihres Absatzes in seinem Rücken hatte. Der Mann machte ein paar stolpernde Schritte rückwärts.

Doch Burke war schon in Bewegung. Er packte Patrick am Kragen und drückte ihn auf die Knie.

„Hey!", beschwerte er sich.

Der FBI-Agent zog ein weiteres Paar Handschellen hervor und legte sie Mr. *Jetzt-nicht-mehr-so-lässig* an.

Burkes Gesicht war ausdruckslos und er sah nicht einmal aus, als wäre er ins Schwitzen gekommen.

Verdammt, sollte Alastair Burke sein, weil er so unverfroren heiß war. Darcy versuchte, ihre verrücktspielenden Hormone unter Kontrolle zu bringen.

„Jungs, das ist Special Agent Burke." Sie nahm einen weiteren Schluck von ihrem Latte. „Er leitet die Kunstraub-Abteilung des FBI." Mit diesen Worten lehnte sie sich zu den jungen Männern. „Er *verabscheut* Leute, die Kunst und Antiquitäten stehlen."

Burke sah sie an, und obwohl sein Gesicht dieselbe ausdruckslose Maske wie immer zeigte, schüttelte er leicht den Kopf. Darcy war sich ziemlich sicher, dass er amüsiert war.

„Sie sagten, es gäbe keine Sicherheitsvorkehrungen", flüsterte Patrick. „Weil alle damit beschäftigt wären, die Ausstellung vorzubereiten."

„Wer?", fragte Burke scharf und zog den jungen Kerl auf die Beine.

Patrick sah aus, als würde er sich gleich in die Hosen pinkeln.

In diesem Moment erschienen einige Mitglieder des Sicherheitsdiensts. Ein Wachmann machte einen Umweg, um die anderen Museumsbesucher zu beruhigen, die immer noch geschockt zusahen.

„Wir müssen diese Idioten befragen", erklärte Burke.

Darcy nickte. Sie atmete tief ein, und sein umwerfendes Rasierwasser stieg ihr in die Nase. *Konzentriere dich, Darcy.* „Okay. Ich habe die zwei schon durch die Gesichtserkennung laufen lassen und Bilder von ihnen gemacht, als sie die Skulptur an sich reißen wollten. Ich schicke sie dir per Mail."

„Darcy", meinte er und warf ihr einen seiner eindringlichen Blicke zu. „Gute Arbeit."

Ihr Magen schien zu flattern. „Danke. Ich muss noch ein wenig an den Kameras arbeiten." Als sie sich umdrehte, wedelte sie mit den Fingern in Richtung der Möchtegerndiebe.

„Darcy?"

Sie warf einen Blick über ihre Schulter.

„Geh nicht zu weit weg", befahl Burke. „Die Diamanten sind angekommen."

Ihr Puls wurde schneller. Sie konnte es kaum erwarten, die Juwelen zu sehen. Endlich würden sie die Seidenstraße zerschlagen, die es seit Jahren auf ihre Familie, ihr Unternehmen und ihre Freunde abgesehen hatte.

BÜCHER VON ANNA

Der Detective

Der Lebensretter

Der Beschützer

ENGLISCH

Fury Brothers

Fury

Keep

Burn

Also Available as Audiobooks!

Unbroken Heroes

The Hero She Needs

The Hero She Wants

The Hero She Craves

Also Available as Audiobooks!

Sentinel Security

Wolf

Hades

Striker

Steel

Excalibur

Hex

Also Available as Audiobooks!

Norcross Security

The Investigator

The Troubleshooter

The Specialist

The Bodyguard

The Hacker

The Powerbroker

The Detective

The Medic

The Protector

Also Available as Audiobooks!

Billionaire Heists

Stealing from Mr. Rich

Blackmailing Mr. Bossman

Hacking Mr. CEO

Also Available as Audiobooks!

Team 52

Mission: Her Protection

Mission: Her Rescue

Mission: Her Security

Mission: Her Defense

Mission: Her Safety

Mission: Her Freedom

Mission: Her Shield

Mission: Her Justice

Also Available as Audiobooks!

Treasure Hunter Security

Undiscovered

Uncharted

Unexplored

Unfathomed

Untraveled

Unmapped

Unidentified

Undetected

Also Available as Audiobooks!

Oronis Knights

Knightmaster

Knighthunter

Knightqueen

Also Available as Audiobooks!

Galactic Kings

Overlord

Emperor

Captain of the Guard

Conqueror

Also Available as Audiobooks!

Eon Warriors

Edge of Eon

Touch of Eon

Heart of Eon

Kiss of Eon

Mark of Eon

Claim of Eon

Storm of Eon

Soul of Eon

King of Eon

Also Available as Audiobooks!

Galactic Gladiators: House of Rone

Sentinel

Defender

Centurion

Paladin

Guard

Weapons Master

Also Available as Audiobooks!

Galactic Gladiators

Gladiator

Warrior

Hero

Protector

Champion

Barbarian

Beast

Rogue

Guardian

Cyborg

Imperator

Hunter

Also Available as Audiobooks!

Hell Squad

Marcus

Cruz

Gabe

Reed

Roth

Noah

Shaw

Holmes

Niko

Finn

Devlin

Theron

Hemi

Ash

Levi

Manu

Griff

Dom

Survivors

Tane

Also Available as Audiobooks!

The Anomaly Series

Time Thief

Mind Raider

Soul Stealer

Salvation

Anomaly Series Box Set

The Phoenix Adventures

Among Galactic Ruins

At Star's End

In the Devil's Nebula

On a Rogue Planet

Beneath a Trojan Moon

Beyond Galaxy's Edge

On a Cyborg Planet

Return to Dark Earth

On a Barbarian World

Lost in Barbarian Space

Through Uncharted Space

Crashed on an Ice World

Perma Series

Winter Fusion

A Galactic Holiday

Warriors of the Wind

Tempest

Storm & Seduction

Fury & Darkness

Standalone Titles

Savage Dragon

Hunter's Surrender

One Night with the Wolf

For more information visit www.annahackett.com

ÜBER DIE AUTORIN

Ich bin eine USA-Today-Bestsellerautorin für Liebesromane. Meine Leidenschaft sind Romane, in denen es an Action nicht mangelt, Science-Fiction Platz findet und auch die Liebe nicht zu kurz kommt. Ich liebe es, über Menschen zu schreiben, die entgegen allen Erwartungen die schwierigsten Situationen lösen und sich beim Erreichen ihrer Ziele selbst übertreffen.

Ich lebe mit meinem eigenen persönlichen Helden und zwei sehr aktiven Söhnen in Australien.

Für Erscheinungstermine, einen Blick hinter die Kulissen, kostenlose Bücher und andere tolle Goodies, melde dich hier an und verpasse nichts mehr: www.annahackett.com

www.ingramcontent.com/pod-product-compliance
Lightning Source LLC
Chambersburg PA
CBHW050737180626
46814CB00002B/803